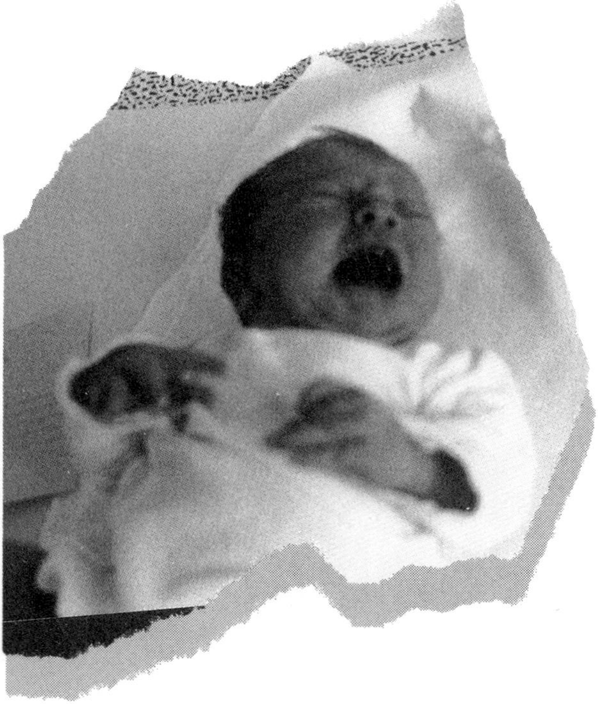

Eva Anna Welles

Am Rande der Geschichte

Roman

Gedruckt mit Förderung des BMfUKS und des Kulturamtes der Stadt Wien.

Selber wurde

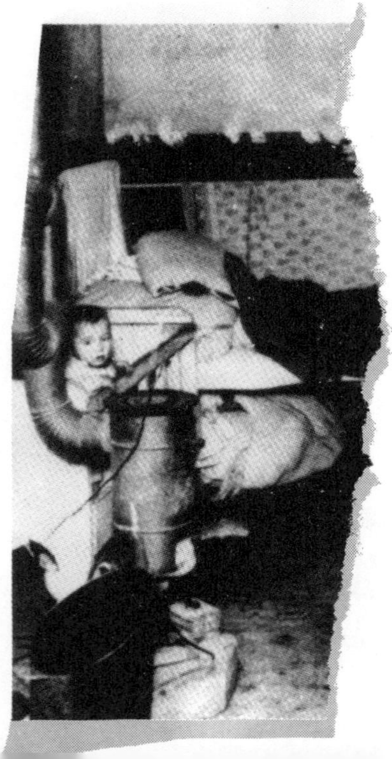

von mir gesund *wegen Arbeitsmangel entlassen.*

Gesehen!

15./V. 894

MELDUNGS-AMT
des
STADTRATHES
Wr. NEUSTADT
in Nied. Öst.

ÖST. POST-CHECK №48.938

WIEN 1884

ERSTE SILB. MEDAILLE

1899

NIEDERLAGE:
WIEN, II. Lilienbrunngasse 7
TELEPHON Nr. 18405.

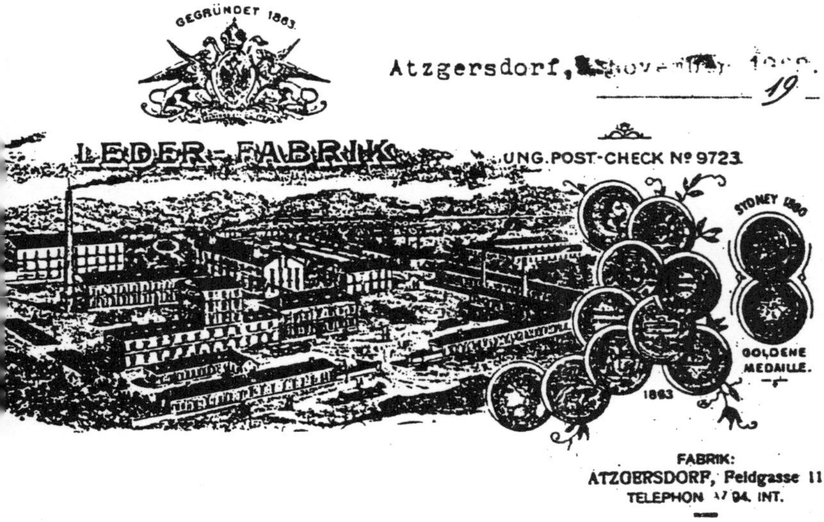

Kitz= u. Lammfelle.

Schaf, Ziegen, Hasen, Kanin, Katzen, Raubwild=bälge, **Wilddecken, Rindshäute,** Kalbfelle, Schaf=wolle, Gerberwolle, **Schweinsborsten,** Schweins=haare, Roß= und Kuhschweifhaare, Kälbermagen ꝛc. ꝛc., kauft zu höchsten Tagespreisen.

126

Austritt auf eigenes Ansuchen
auf das Beste empfelen

Wien am 30 September

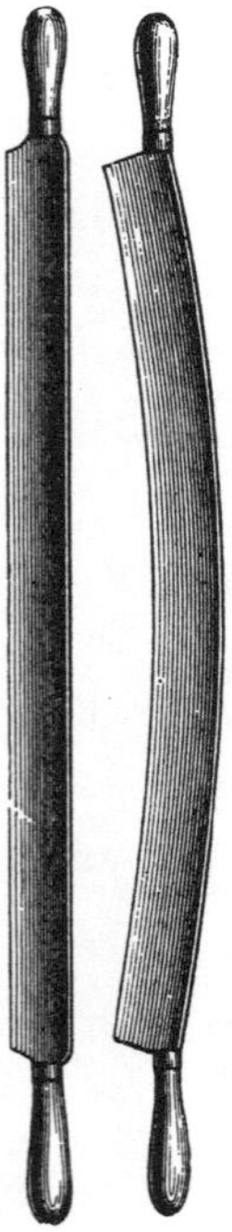

1. 2. Schabemesser.

9. Lederglättmaschine.

12. Plattstofs.

4. Lohkuchenformmaschine.

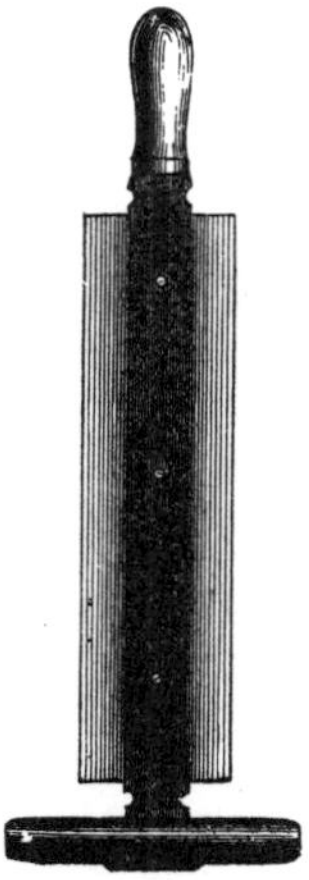

11. Plattenfälze.

7. Lederspaltmaschine.

Umschlaggestaltung und Illustrationen: Anna Petschinka
Lektorat und Gestaltung: Barbara Neuwirth
Datenkonvertierung: PCG, Wien, technische Beratung: Gustav Freudmann
Druck: WIENER Verlag, Himberg, technische Beratung: Rudolf Leonardelli

ISBN 3-900399-45-X

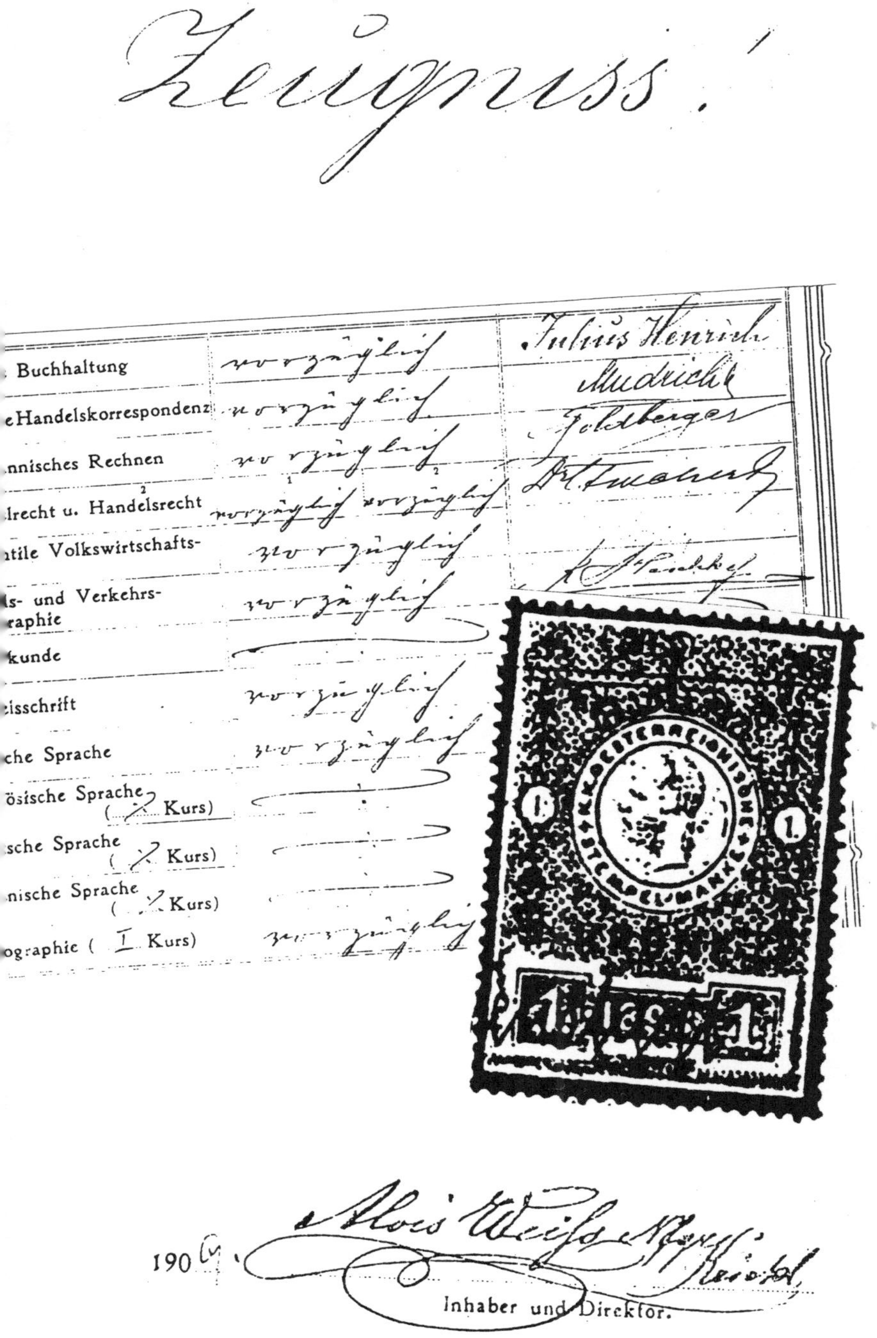

Zeugniss!

… Buchhaltung	vorzüglich	Julius Henrich
…e Handelskorrespondenz	vorzüglich	Mudrich
…nnisches Rechnen	vorzüglich	Goldberger
…lrecht[2] u. Handelsrecht	[1] vorzüglich [2] vorzüglich	Dr. [illegible]
…tile Volkswirtschafts-	vorzüglich	[illegible]
…s- und Verkehrs- …raphie	vorzüglich	
…kunde	—	
…isschrift	vorzüglich	
…che Sprache	vorzüglich	
…ösische Sprache (/ Kurs)	—	
…sche Sprache (/ Kurs)	—	
…nische Sprache (/ Kurs)	—	
…ographie (I Kurs)	vorzüglich	

190[illegible].

Alois Weiss [illegible]

Inhaber und Direktor.

CIP-Titelaufnahme der Deutschen Bibliothek
Welles, Eva Anna:
Am Rande der Geschichte : Roman / Eva Anna Welles. – Wien
: Wiener Frauenverl., 1990
(Allgemeine literarische Reihe)
ISBN 3-900399-45-X

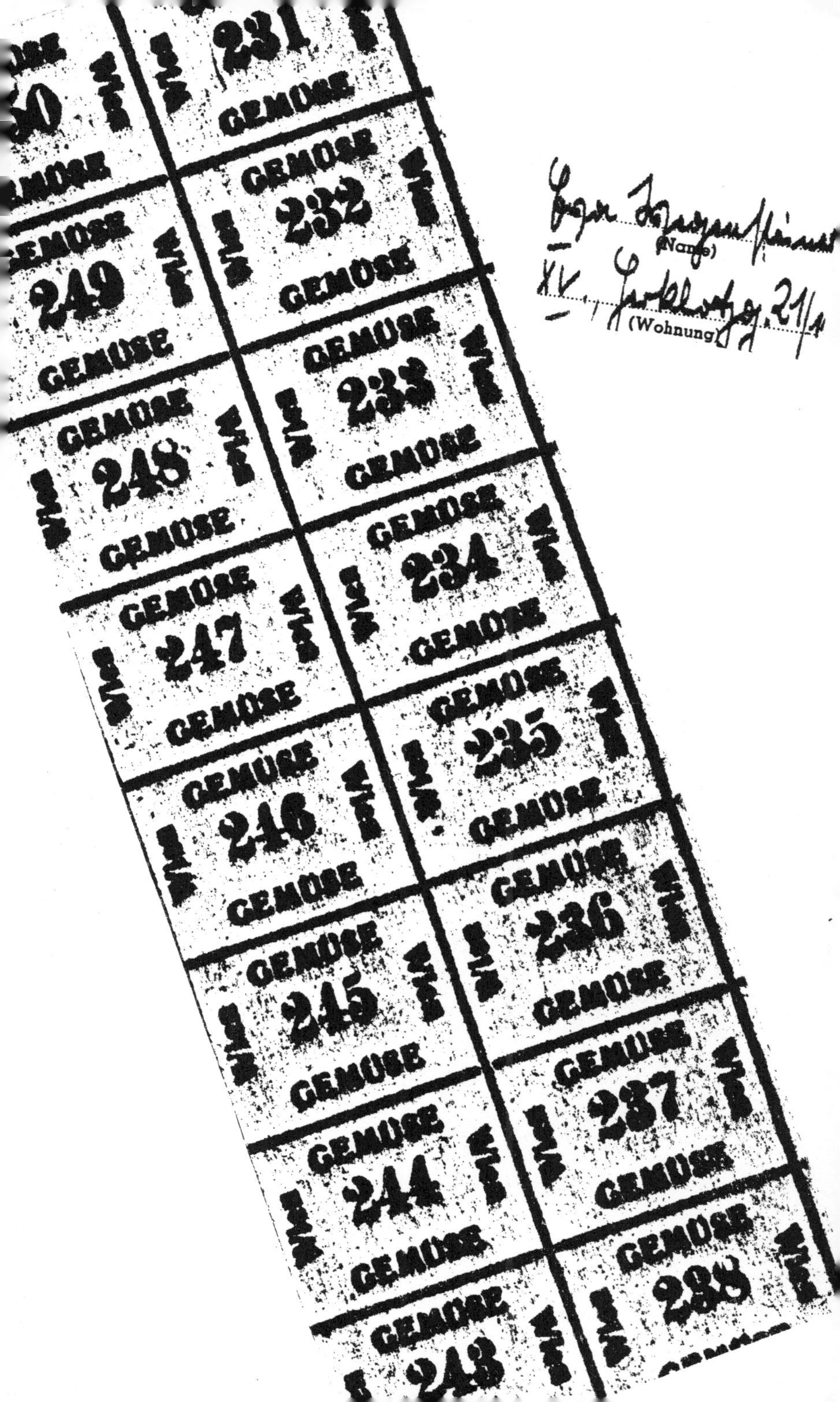
GEMÜSE 231 Wien
GEMÜSE 232 Wien
GEMÜSE 233 Wien
GEMÜSE 234 Wien
GEMÜSE 235 Wien
GEMÜSE 236 Wien
GEMÜSE 237 Wien
GEMÜSE 238 Wien
GEMÜSE 250 Wien
GEMÜSE 249 Wien
GEMÜSE 248 Wien
GEMÜSE 247 Wien
GEMÜSE 246 Wien
GEMÜSE 245 Wien
GEMÜSE 244 Wien
GEMÜSE 243 Wien

(Name)
XV. (Wohnung) 21/1

Ich danke meinen Eltern, Freundinnen und Freunden, die mir mit Erzählungen und Schilderungen das Leben von damals näherbrachten. Eine Ähnlichkeit der geschilderten Personen mit noch lebenden wäre zufällig.

E. A. W.

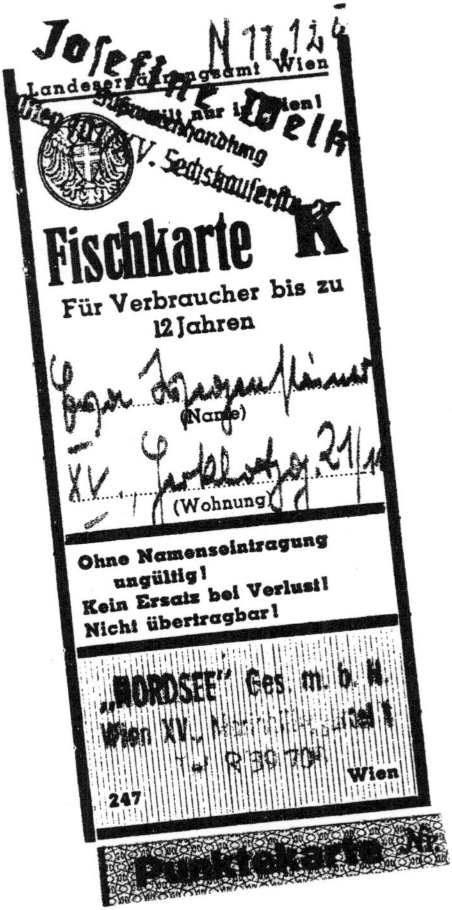
Landesernährungsamt Wien

Fischkarte K

Für Verbraucher bis zu 12 Jahren

(Name)

(Wohnung)

Ohne Namenseintragung ungültig!
Kein Ersatz bei Verlust!
Nicht übertragbar!

„NORDSEE" Ges. m. b. H.
Wien XV.,

247 Wien

Punktekarte Nr.

Bezugsausweis N

1892

In Storm King Mountain wird Djuna Barnes geboren, in Wien Josef Weinheber und Richard Tauber, in Texing Engelbert Dollfuß. Ricarda Huch promoviert als eine der ersten studierenden Frauen.

Die Werkhalle der Lokomotivfabrik war von donnernden und krachenden Geräuschen der Schmiedehämmer erfüllt. Der aufsteigende Wasserdampf vermischte sich auf den nackten Oberkörpern der Männer mit Schmutz, Staub und Schweiß und bildete mit dem schwarzgewordenen Fett von den Maschinen einen fast nicht wegzuwaschenden Belag, der tief in die Poren eindrang und der Haut ein dunkles Aussehen verlieh.

Es war ein Mittag im August. Durch die Hitze draußen war es in der Halle fast unerträglich heiß. Nicht ein Luftzug regte sich, und einer der älteren Männer, die eben ihre Arbeit an den Drehbänken beendeten und hinausgingen, blieb schweratmend hinter den anderen zurück. Noch sei man mit seiner Arbeit zufrieden, hatte der Schichtleiter gesagt und ihm dabei kameradschaftlich auf die muskulösen Schultern geklopft. Aber das Wort „noch“ hatte ihn verunsichert. Er blickte müde auf seine schwarzen, schwieligen Hände. Seit einiger Zeit hatte er fast kein Gefühl mehr in den Fingern. Weiß Gott, was das noch werden sollte. Und nun konnte er nicht einmal nach Hause gehen, denn die Tochter lag seit dem vorhergehenden Abend in den Wehen. Sie hatte sich sehr bemüht, den Schmerz zu verhalten, um seine Nachtruhe nicht zu stören. Aber er hatte ihr Stöhnen

doch immer wieder bis in den Traum gehört. Nun hoffte er, daß das Kind bereits geboren war. Als er durch das Fabrikstor schritt, sah er den Schwiegersohn stehen, der nur wortlos den Kopf schüttelte.
„Is es Kind schon da?"
„Na, Herr Vater."
„Gemma halt auf a Achtl."
„Ja, Herr Vater."
„Glaubst, es wird noch lang dauern?"
„I waß ned, Herr Vater, die Mutta hat nix gsagt. Mit die Weiber kannst ja ned redn, wann so was is."
„Red ned so von der Mutter und von deiner Frau."
„Ja, is guat, Herr Vater."

Das Kind wurde am späten Nachmittag des 30. August geboren. Die Mutter war klein, mager und schwach und hatte Ansätze der Englischen Krankheit. Auch das Kind war krank, es war rachitisch von Geburt an.

Die beiden lagen in einem großen Bett. Die muffige, kühle Kellerwohnung war durch einen Vorhang geteilt, hinter dem noch ein Bett stand, das von den Eltern der jungen Frau benutzt wurde. Einige wenige Einrichtungsgegenstände waren in der Ecke neben der Tür zusammengepfercht. In der Mitte des Raumes stand ein Tisch mit vier Sesseln, dahinter ein gemauerter Ofen.
An dem Tisch saß die Hebamme, die sich von der eben zur Großmutter gewordenen alten Frau etwas zu essen geben ließ. Die Männer waren noch immer im Gasthaus. Wieder trat die Alte an das Bett der jungen Mutter, deren Augenlider ermüdet herabsanken. Sie betrachtete das Neugeborene

und meinte dann kopfschüttelnd: „Besser wäre es ein Bub geworden. Armer Wurm. Welch ein Leben hat man schon, arbeiten und Kinder gebären, denen man noch ins Grab nachschaut.“
Ihr war von fünf Kindern nur diese eine Tochter geblieben – Zwillinge bei der Geburt gestorben, ein Sohn an Diphterie, eine Tochter im Kindbett, so viele Schmerzen und Mühen, die Großmutter wischte sich über die Augen und seufzte. Die Hebamme nickte zustimmend. Sie blickte etwas mitleidig auf das Kind. Es war immer das gleiche, sie wurden wie dieses hier schon krank geboren und man konnte gar nichts dagegen tun. Daß Kinder auf die Welt kamen, war nicht zu verhindern, es war selbstverständlich, gehörte zum Leben. Aber es bedeutete, Sorgen zu haben. Ihr Dasein schmälerte das Einkommen einer Familie, das ohnehin nicht sehr groß war, bestimmt zehn oder vierzehn Jahre lang, sehr viel früher konnte man sie ja doch nicht zur Arbeit schicken. Das Mädchen war noch dazu rachitisch, womöglich bekäme sie einen Buckel. Sie könnte keine schwere Arbeit leisten, und auch mit dem Heiraten war das so eine Sache. Wer nimmt so eine zur Frau, noch dazu ohne einen Heller Mitgift.

Als der Vater und der Großvater nach Hause kamen, nahmen sie das Kind abwechselnd auf den Arm. Ein Mädchen also, meinte der Vater, sich räuspernd. Nur der Großvater lächelte so zärtlich wie er konnte und betastete mit seinen großen, sehnigen Händen vorsichtig die roten Schrumpelwangen der Kleinen. Schön sei sie ja nicht, meinte er dann, aber so herzig, und er legte sie wieder in den Arm der Mutter. Dann aßen sie schweigend das Abendbrot.

Anfang September wurde das Kind in der Pfarrkirche auf die Namen Friederike Barbara getauft. Die Großmutter trug Frieda, wie sie den Säugling nannten, stolz zur Kirche. Die Tochter des Gastwirtes von gegenüber, für den die Frauen regelmäßig die Wäsche wuschen und ausbesserten, hatte sich bereiterklärt, das Kind aus der Taufe zu heben. Anschließend waren alle bei ihr im Gasthaus zum Essen eingeladen.
Das Kind Frieda lag still und bewegungslos in dem fest verschnürten Wickelpolster auf zwei zusammengestellten Sesseln. Erst nach Stunden begann sie, mit dünner, quäkender Stimme leise zu weinen, und die Großmutter trug sie über die Straße nach Hause. Die Patin brachte eine große Tasche nach, in der ein Topf mit Fleischsuppe war, ein Stück Braten, mehrere Schnitzel, eine Schüssel mit Knödeln und eine mit Buchteln und Vanillesauce und noch der Rest einer großen Nußtorte. Sie hatte schwer zu tragen. Die Großmutter machte Feuer im Herd, wärmte die Suppe und kochte einen Topf Malzkaffee. Währenddessen wickelte die Patin das Kind und gab es der Mutter, die noch im Bett liegen mußte, zum Stillen. Seufzend meinte diese, daß es schön wäre, wenn es alle Tage so zuginge. Es kamen noch andere Frauen aus der Nachbarschaft, und sie saßen gemütlich beieinander.

Frieda wuchs nur langsam. Sie wurde nicht sehr hübsch, ihre Augen waren grau und die Haare aschblond. Sie war das Kind einer Unmündigen, denn ihre Mutter konnte nicht lesen und schreiben, hatte keinerlei Verfügungsrecht über Frieda, war eine Frau, die noch nicht einmal das Wahlrecht besaß. Und nicht nur, daß sie dem Kind in Äußerlichkeiten keinen Weg zeigen konnte, hatte sie es mangelhaft geboren, abgearbeitet und schlecht ernährt, wie sie war. Die Zustände verbesserten sich nicht, die Lebensverhältnisse blieben trist, Nahrung gab es nie im Überfluß, vor allem nicht für die Frauen. Zuerst mußten die Männer essen, denn sie hatten schwer zu arbeiten, der Großvater als Eisendreher in der Neustädter Lokomotivfabrik, der Vater als Gehilfe und Zurichter in einer Gerberei. Die Frauen machten jede Arbeit, die sie bekamen, putzen, nähen, aufwaschen, Böden reiben, Wäsche waschen und bügeln. Sie hatten in der Familie nicht das Sagen, aber sie hatten die Kraft, das armselige Leben einigermaßen in Gang zu halten. Frieda beobachtete alles still, sie war trotz der bescheidenen Verhältnisse, in die sie hineingeboren worden war, ein kläräugiges, kluges und furchtloses Kind, allerdings nicht zutraulich, sondern zurückhaltend.

1894

Noch gibt es den Arbeitstag mit 12 Stunden und mehr, noch gibt es kein direktes Arbeitsverbot für Kinder unter 14 Jahren und Nachtarbeitsverbot für Frauen und Jugendliche. Auch die gesetzliche 24stündige Sonntagsruhe sollte erst eingeführt werden.

Die Großmutter kehrte sorgfältig das Zimmer. Frieda saß auf einem Polster neben dem Herd und nagte an einem Apfel. Der Schwiegersohn kam eben viel zu früh nach Hause. Frieda legte den Apfel weg und krabbelte auf allen Vieren zu ihrem Vater.

„Ich muß Ihnen was sagn, Frau Mutter."

„Jessas Maria, wie du dreinschaust, sag lieber nix."

„Ich muß es Ihnen aber sagn – ich – ich bin arbeitslos."

„Maria, was machn mir denn jetzt! Wann der Vater hamkummt, kann ich ihm des ned sagn!"

„Muß eh ich ihm sagn, ned Sie, Mutter."

„Wir werdn aufwaschn gehn müssn, die Seffi und ich."

„Sie können nimmer aufwaschn gehn, Mutter, Sie bleibn beim Bügln, das is genug. Außerdem muß wer auf die Kleine schauen, die kann ma ned allein lassn. Und zu die Nachbarn kummt sie mir ned, die Kinder habn alle so a Hautkrankheit."

„Na ja, es is eh wahr, mir müssn auf des Kind gut aufpassn, sie is so eine Zezn. Wie liab sie schon dreinschaut, der kleine Schmarrn, des wird amal a Gscheite."

„Na hoffentlich ned zuviel gscheit, weil des is a Blödsinn. Unsereins hat's besser, wann er ned zuviel nachdenkn muß.

Sehn'S eh, wie's im Leben geht. Der Meister hat gsagt, er wird lang niemand einstelln, weil er hat keine Aufträg."
„Tu dich ned kränkn, solang mir alle viere zsammhaltn, wird's schon gehn, mir müssn nur schaun, daß der Vater sein Essn hat, weil der darf uns jetzt ned krank werdn!"
„Ja, Mutter, ich geh gleich einmal zum Wirtn, vielleicht kann ich bei ihm Holz hackn. Pfüat dich, Friedale, mein Kind. Tu schön brav sein, ich komm bald wieda, ned weinen, der Großvater kommt dann auch, der erzählt dir dann was Schönes!"

Der Vater war arbeitslos. Das war nicht weiter ungewöhnlich. Man wurde von einem Tag zum anderen entlassen und konnte nur hoffen, ebenso von einem Tag zum anderen neue Arbeit zu finden. In der Zwischenzeit mußten sie sich einschränken, weniger essen. Und die Frauen mußten ein wenig mehr arbeiten, nicht nur bis zum Abend, sondern bis in die Nacht.
Wenn sie ordentliche Arbeit leisteten beim Wäschewaschen und Bügeln, dann konnten sie sich über mangelnde Kundschaft nicht beklagen. Die doppelt gestärkten Hemden und Spitzenblusen wurden zweimal gebügelt, die feuchte, gestärkte Bett- und Tischwäsche wurde zu zweien in Form gezogen, damit man sie nach dem Bügeln gut falten konnte. Nach solch einem Arbeitstag fiel man todmüde ins Bett. Aber Wäsche waschen war fast noch besser als Böden reiben. Gegen Wochenende gingen die Frauen zu den besseren Leuten, um die Fußböden mit Lauge und Bürste, im Dreck und in der Nässe knieend, zu reiben und aufzuwaschen. Der rechte Arm war nach ein paar Stunden wie gelähmt vor Schmerzen. Im Winter erkältete man sich,

denn die Kleidung wurde naß und man mußte so zur nächsten Kundschaft. Dafür bekam man Essensreste, Suppe oder Kaffee, eine klägliche Bezahlung für eine erbärmliche Arbeit. Die Mutter kam an solchen Tagen oft erst spät nach Hause. Ihre Hände waren aufgequollen von heißer Lauge, und die Nägel abgeschabt bis ins Fleisch. Neben Essen und Kaffee erhielt sie manchmal auch getragene Kleidungsstücke oder Schuhe, seltener ein paar Heller. Obwohl das herzlich wenig war, was sie nach Hause brachte, war es ein Zubrot. Auf jeden Fall war es viel zuwenig im Verhältnis zur Leistung, die sie erbringen mußte, aber es fragte niemand danach. Und sie begehrte auch nicht auf, war still, geduldig und freundlich, arbeitete am Abend zu Hause noch weiter, während die Großmutter bei der Petroleumlampe stickte, bis ihr die Augen tränten.
Am Sonntag endlich, dem Ruhetag des Herrn, wurde nach dem Kirchgang der eigene Haushalt versorgt, das bedeutete wieder Arbeit von morgens bis abends. Die Handlungsabläufe waren so eingefahren, daß die Frauen niemals daran dachten, am Sonntagmorgen einmal liegen- oder nach dem Essen bei Tisch sitzenzubleiben, Ruhe gäbe es im Grab, bis dahin mußte geschafft werden, und Faulheit war Sünde.
Für Frieda hatte keiner so richtig Zeit. Sie erkämpfte sich keine Zuneigung und Aufmerksamkeit durch Schreien und Weinen, sondern saß still im Bett, kaute an einer alten Brotrinde und blieb auch für Stunden allein. Der Großvater nahm sie abends öfter auf sein Knie, ließ sie auf- und abhopsen und erzählte ihr Geschichten von den Maschinen in der Lokomotivfabrik. Frieda mochte den Großvater sehr. Er erzählte ihr auch von der Goldmarie und von der Pechmarie, die Märchen schmückte er nach Gutdünken mit ei-

genen Gedanken aus, sie führten von Dornröschens Schloß bis in die Lokfabrik und von den Schmiedehämmern zum Rumpelstilzchen. Die Großmutter sah diese Innigkeit nicht gerne. Vielleicht war sie ein wenig eifersüchtig, sie wollte, daß er aufhöre, dem Kind solche Geschichten zu erzählen. Er aber schnaufte in seinen Bart und wisperte weiter, und die Kleine schmiegte sich fest in seinen Arm.

An den Sonntagen ging er mit Frieda zur Kirche. Sie drückte sich an ihn, die vielen Menschen machten ihr angst. Und ganz unheimlich wurde ihr, wenn gesungen wurde, aber sie blieb still und unbeweglich sitzen, an den Großvater gelehnt. Die Großmutter sang auch, und ihre Stimme veränderte sich dabei, das war nicht mehr die Großmutter, sondern eine fremde Frau. Nach der Messe lobten alle das kleine, brave Mädchen, das so schön stillsitzen konnte. Frieda merkte sich, daß Bravsein etwas Gutes war, weil es den Erwachsenen so gefiel.

1897

In Wien promovierte Gabriele von Possaner zum Doktor der gesamten Heilkunde, allerdings erst nach der nochmaligen Ablegung aller Prüfungen, das bereits in Zürich erworbene Doktorat wurde in Wien nicht anerkannt.

„Tragst mir den Trog auße?“
„Ja, Seffi, gleich.“
„Is schön heute, da wird die Wäsch bald trocken sein. – Kannst mir mit dem Kübel helfn, mir is ein bißel schwindlig.“
„Sollst eh ned so schwer heben in deinem Zustand.“
„Der Mutter kann i ned alle schwere Arbeit machn lassn, die plagt sich eh genug.“
„Habs ja nur gsagt. – Komm her, Friedale, geh mit'n Vater in die Waschkuchl, mir tragn der Mutter den Trog auße, dann darfst auch mithelfn waschn. – Gib dem Vater die Hand, damit du mir ned hinfallst. Und tu beim Feuer aufpassn, schön die Hand weghalten, damit dir nix passiert.“

Für Frieda und die Kinder aus der Nachbarschaft waren die Waschtage im Sommer ein Erlebnis. Der Vater schleppte die Holzfässer und den Waschtrog aus dem Waschhaus in den Hof hinaus und die Kinder durften beim Schwemmen der Wäsche helfen. Sie hingen an den Faßrändern, die Arme bis zu den Schultern im kalten Wasser und wirbelten die Wäschestücke durcheinander. Dazwischen wurde kräftig gespritzt, laut gekreischt und gestoßen, denn jeder wollte ausreichend Platz am Faß haben. Die Mädchen drängten

sich um die Mutter, und sie durften eine nach der anderen ein Stück Wäsche auf der Rumpel und dann mit der Bürste bearbeiten.
Das Feuer unter dem Wasserkessel im Waschhaus flackerte wild und verbreitete eine fast unerträgliche Hitze in dem kleinen Raum. Es summte und blubberte im Kessel, und Frieda stand fasziniert davor und beobachtete, wie die Holzscheite verbrannten und zu weißglühender Asche zerfielen. Ab und zu wagte sie es, ein kleines Stück Holz in das Feuer zu werfen. Ihre Hand zuckte jedesmal vorsorglich zurück, der Vater hatte sie eindringlich gewarnt, nicht zu nahe ans Feuer zu gehen. Der Rauch biß in den Augen, aber Frieda blieb und starrte weiter in die Flammen, bis ihr der Schweiß über die Wangen lief. Sie meinte, seltsame Dinge zu sehen, ihr wurde schwindlig und sie sank in sich zusammen.
Eines der Nachbarkinder sah sie vor dem Feuer liegen und rannte schreiend zur Mutter. Erschrocken lief sie so rasch sie konnte ins Waschhaus und trug den kleinen, leblosen Körper heraus. Sie zitterte vor Angst. „Die Sorg' um des Kind bringt mi noch ins Grab“, dachte sie, und das Weinen saß ihr in der Kehle. Sie setzte sich mit Frieda in den Schatten unter dem Zwetschkenbaum und wischte das schweißnasse, weiße Gesicht ab. Am besten steckte man sie in ein Wasserfaß, meinte einer der halbwüchsigen Nachbarsbuben, was die Mutter jedoch empört ablehnte. Da Frieda sich wieder bewegte, begannen alle zu lachen. Als sie die Augen aufschlug und von den Feuervisionen erzählte, johlten die Kinder durcheinander. Sie spielte mit dem Feuer, da würde sie in der Nacht wohl ins Bett pischen, der Jubel nahm kein Ende. Die Mutter schimpfte die Buben aus, und die liefen

lachend davon. Zurück blieben die Mädchen, die sich kichernd wieder an die Arbeit machten.
Frieda schämte sich sehr. Alle hatten sie angesehen und ausgelacht. Und was die Buben gesagt hatten, das durfte einfach nicht wahr sein. Sie ging von den anderen weg und kletterte auf das Dach des Holzschuppens. Der Schuppen war niedrig und durch die aufgeschichteten Scheite konnte man ganz leicht hinaufsteigen. Ein riesiger Nußbaum breitete seine Äste tief über das Dach, sodaß Frieda vor allen Blicken geschützt war. Hier wollte sie sitzen und über das Geschehene nachdenken. In der Ferne hörte sie das Rufen und Lachen der anderen. Sie riß eine grüne Nuß ab und versuchte, sie abzuschälen. Am Abend würde die Großmutter wegen der schwarzen Finger schimpfen.
Als Frieda Hunger bekam, beschloß sie, das Baumhaus zu verlassen und sich ein Stück Brot von der Mutter zu holen. Schon als sie vom Holzstoß kletterte, bemerkte sie die Stille, die auf dem Hof herrschte. Die Kinder waren weg, aber es war noch nicht Abend. Sie glaubte, in der Ferne Schreie zu hören, die sie eigenartig tief berührten, und sie beschleunigte ihren Schritt. Sie eilte am Waschhaus vorbei, vor dem noch der Trog stand, und weiter auf die Hofeinfahrt zu, als eine Nachbarin auf sie zustürzte und sie beim Arm packte. Sie könne jetzt nicht nach Hause gehen, meinte sie mit strengem Blick, die Mutter sei plötzlich krank geworden. Die Frau zog Frieda in ihre Wohnung und befahl ihr, hier zu bleiben.
Frieda setzte sich neben der Tür auf die Waschbank. Warum ließ man sie nicht nach Hause gehen. Plötzlich fielen ihr die Schreie wieder ein. Eine panische Angst befiel sie, die Mutter könnte sterben, vielleicht war sie schon tot und man

sagte es ihr nur nicht, weil sie klein war. Sie sah sich nach der Nachbarin um, die am Herd stand und in einem Topf rührte. Die Tür zum Hof war nur angelehnt. Lautlos rutschte Frieda von der Waschbank herunter und zwängte sich durch den offenen Spalt. Den Atem anhaltend, schlich sie über die Einfahrt zur Wohnungstür und öffnete sie. Die Vorhänge waren vorgezogen, das Zimmer lag im Halbdunkel. Sie sah noch zwei Nachbarinnen und die Großmutter neben dem Bett stehen, in dem die Mutter im Waschkleid lag, das aber seltsamerweise über die Beine hochgeschoben war. Sie stöhnte leise vor sich hin. In dem Augenblick trat die Großmutter aus dem Halbdunkel zur Tür, sie trug das Lavoir und es war voll Blut und ein Klumpen lag darin. Als Frieda den Blick der Großmutter auf sich gerichtet fühlte, erschrak sie furchtbar, als habe man sie bei einer streng verbotenen Handlung ertappt. Sie sprang zurück über die Schwelle und warf die Tür zu. Dann rannte sie weiter über den Hof, kletterte wieder über den Holzstoß auf das Schuppendach und begann laut zu weinen. Nun war sie sicher, daß die Mutter sterben mußte. Nur ein Mensch, der starb, konnte so bluten, dachte sie. Wenn der Großvater einer Henne den Kopf abschnitt, dann blutete die auch so und starb dabei.
Lange saß Frieda so auf dem Schuppendach, einsam und verstört, bis sie hörte, wie der Großvater ihren Namen rief. Dann stand er da, schweigend und riesengroß, wie er war, und seine ausgestreckten Arme reichten fast bis zu ihr hinauf. Sie ließ sich hinabfallen und er fing sie fürsorglich auf. Sie preßte das Gesicht an seine Schulter und fühlte, wie sein Herz ruhig schlug. Zwar sagte er nichts, doch sie glaubte, daß alles wieder in Ordnung wäre.

Erneut empfand sie Angst, als er sie über die Schwelle ins Zimmer trug, doch als sie sah, daß die Mutter mit offenen Augen im Bett lag und ihr zuwinkte, ließ das Herzklopfen nach. Später, im Einschlafen, dachte sie an das Feuer im Waschhaus und daß sie sich vielleicht nur eingebildet hatte, eine Schüssel voll Blut zu sehen. Sie spürte den warmen Körper der Mutter neben sich und ihren Atem an der Wange, und sie schlief beruhigt ein.

1898

Im September wurde Kaiserin Elisabeth in Genf von einem Italiener ermordet. Sie war 60 Jahre alt. Mit Kaiser Franz Josef I. war sie 44 Jahre verheiratet gewesen und hatte ihm vier Kinder, drei Töchter und einen Sohn, geboren.

„Frieda, geh schuhputzen."
„Ja, Mutter, i geh schon."
„Aber tu fest reibn, ned nur so drüberwischen."
„Ja, Mutter, ich putz eh ordentlich. – Großvater, bist endlich da?"
„Ja, was glaubst denn, Kinderl, daß dein alter Großvater noch zu die schnellen ghört? Die Lokomotiven, die mir machn, sind auf jedn Fall schneller wie ich."
„Erzähl mir a Gschicht, Großvater."
„Alleweil du mit deine Gschichtn, ich hab dir doch eine jede schon zehnmal erzählt. – Und was du da wieder machst, geh, gib her die Bürstn. – Schau, du mußt fest hin- und herbürsten, da, siehst, wie's zum Glänzn anfangt, a bißl draufspuckn, des werdn Sonntagsschuh. – Weißt eh, wie ich beim Militär war, hätt uns der Feldwebl eingsperrt für schlecht putztes Lederzeug, ein Tag bei Wasser und Brot. Ja, ja, schau du nur mit deine Kuglaugn. Für so eine Wepsn wie di is des alles nix. Aber jetzt putz amal weiter, i mag nimmer, mir tut alles weh von der ewign Arbeiterei."

Der größte Spaß im Winter war für Frieda das Gehen im tiefen Schnee. Die Füße taten nun nicht mehr so weh wie gegen Ende des Sommers, wenn sie in zu kleine Schuhe ge-

preßt wurden. Am liebsten wäre sie bis spät in den Herbst hinein ohne Schuhe gelaufen, aber das hatte die Großmutter verboten, das war ungesund.
Jetzt im Winter war es sicher angenehmer, etwas am Fuß zu haben, das die ärgste Kälte abhielt. Die Nässe drang durch das schlechte Leder, das noch härter und bockiger wurde. Da half auch das Fett nicht, das sie mühsam jeden Abend auf die Schuhe streichen mußte.
Der große Spaß also war, daß sich der Schnee beim Gehen unter den Holzsohlen zusammenpappte, und Frieda dadurch immer größer wurde. Sie stellte sich vor, eine feine Dame zu sein, die auf hohen Absätzen dahertrippelte, und sie setzte einen Fuß grazil vor den anderen. Wenn der Schnee unter den Sohlen dick genug war, dann schritt sie wie eine Prinzessin bis vor die Schule. Den dünnen, fadenscheinigen Mantel an der Seite gerafft, blickte sie hoheitsvoll auf ihre Untertanen. Diese bereiteten ihrem ernsten Spiel allerdings rasch ein Ende. Sie warfen Schneebälle nach ihr und lachten sie aus, kam sie doch daher wie auf Stelzen. Sie war nicht sehr beliebt bei den Kindern, weil sie so gut lernte und verschlossen und scheu war.

Zwischen der Lehrerin und ihr bestand ein zwiespältiges Verhältnis. Sie fühlte sich zu der Lehrerin hingezogen, weil diese so viel wußte, war gleichzeitig aber wegen ihrer Strenge und Unpersönlichkeit abgestoßen. Die Lehrerin empfand wohl ähnlich, ihr gefiel, daß Frieda klug und ein Mädchen war. Es war äußerst angenehm, einmal ein Kind zu unterrichten, das sofort verstand, was man von ihm wollte. Familiäre oder persönliche Probleme eines Kindes auch nur zur Kenntnis zu nehmen, lehnte die Lehrerin ab.

Das geringste Fehlverhalten, eine Unachtsamkeit, brachte schon einen Schlag mit dem dünnen Zeigestock ein. Sie liebte es auch, die Kinder mit einem spitzen Fingernagel kräftig auf den Kopf zu klopfen.
Die anderen Kinder vergaßen nie, es Frieda heimzuzahlen, wenn sie etwas gut gemacht hatte. Man zog an ihren dünnen, fahlblonden Zöpfen, warf ihre Haube, oder, wenn keiner sonst hersah, sie selbst in den Schnee. Sie trug es mit Fassung, hatte sie sich doch fest vorgenommen, klug zu werden. Denn schön würde sie nie sein. Aus den Bemerkungen der Erwachsenen reimte sie sich zusammen, daß etwas an ihrem Körper nicht so war, wie es sein sollte. Aber sie wollte nicht bedauert werden. Außerdem fand sie, daß manche Menschen in ihrer Umgebung auch nicht schön, dafür aber einflußreich und vermögend waren. Zum Beispiel der Gastwirt und seine Frau, die Eltern ihrer Taufpatin, die beide so dick wie Fässer waren, und er hatte noch dazu ein Gesicht wie frisches Geselchtes. Oder der Oberbuchhalter der Lokomotivfabrik, er hatte rote Haare und einen roten Bart und abstehende Ohren. Aber alle grüßten ihn ehrerbietig, der war schon jemand, und es war egal, wie er aussah.
Der Oberbuchhalter hatte einen fixen Platz in ihren Phantasien. Sie stellte sich den Beruf des Oberbuchhalters überhaupt ganz herrlich vor. Der Titel klang besser als Direktor, war doch ein Ober- davor. Also am liebsten Oberbuchhalter werden, dachte sie. Sie sprach aber mit niemandem darüber, als ahnte sie, daß man sie ausgelacht hätte. Vielleicht würde ihr die Großmutter auch auf den Mund schlagen, wenn sie solchen Unsinn redete. Hochmut kommt vor dem Fall, das hörte sie immer wieder. Dabei war sie doch nicht

hochmütig, sie wollte einen schönen Beruf haben. Großvater hatte Eisendreher gelernt, Vater war Gerber. Warum sollte sie nicht Oberbuchhalter werden. Daß die Großmutter die Wäsche fremder Leute wusch und bestickte und daß die Mutter die Fußböden ebensolcher Leute für dünnen Kaffee oder Suppe reiben und aufwaschen mußte, das konnte sie nicht verstehen. Warum hatten sie keinen schöneren Beruf erlernt? Frieda wagte aber nicht, danach zu fragen.

Handarbeiten machte ihr überhaupt keinen Spaß, beim Sockenstricken rosteten die Nadeln in der verfilzten Wolle fest. Beim Sticken der verschiedenen Zierstiche bewies sie auch kein besonderes Talent, obwohl sie sich große Mühe gab. Die Großmutter war nicht zufrieden mit Frieda. Was sollte bloß aus ihr werden, alles, nur keine gute Hausfrau. Als solche mußte sie verschiedene Handarbeiten ausführen können, und zwar ordentlich. Eine Frau, die nicht ordentlich handarbeiten konnte, war keine richtige Frau. Wobei beides – ordentlich und handarbeiten – gleich wichtig war. Arm könne man sein, aber nicht schmutzig und unordentlich. Und auch einen geflickten Rock und gestopfte Strümpfe könne man tragen, wenn sie nur sauber und ordentlich waren. Frieda saß still beim Tisch und versuchte, wenn die Großmutter von ihrer eigenen Arbeit aufsah, ordentlich zu sein.

Friedas Gedanken gingen eigene Wege. Sie stellte sich vor, daß das Leben schön sein würde, wenn sie erst einmal groß wäre. Sie sah sich arbeiten, Geld verdienen, ein Haus mit Garten kaufen. Ein größeres Haus sollte es sein, Eltern und Großeltern sollten ja Platz genug darin haben. Und sie wollte weiße Spitzenvorhänge mit Rosen darin und blaßrosa und grau gestreifte Übervorhänge wie die vom Fischhändler, welche die Mutter ab und zu wusch und die ihr so gut gefielen. Und dann würde sie auch so einen langen, schönen schwarzen Rock haben wie das Fräulein Lehrerin, und eine weiße Bluse mit einem gestickten Kragen, und einen riesigen Hut mit einer flaumigen Feder darauf von einem Vogel, den sie nicht kannte. Aufmerksam betrachtete sie die Mutter, die am Bügelbrett stand. Sie verdient ein besseres Leben, dachte Frieda. Arme Mutter. Sie liebte sie so sehr.

Ihr Blick wanderte weiter zur Großmutter. Die Großmutter war kritisch. Sie kannte eine Menge Leute und erfuhr immer alle Neuigkeiten. Sie schimpfte gerne auf die Reichen und die bestehenden sozialen Ungerechtigkeiten. Sie war der Meinung, daß man sich nichts gefallen lassen dürfe, obwohl sie wahrscheinlich nicht genau wußte, was sie eigentlich wollte. Mit dieser Einstellung vermittelte sie dem Kind jedoch, daß man sich mit Gegebenheiten nicht abzufinden brauchte. Es gab Mittel und Wege, Dinge zu ändern, wenn man die Macht besaß. Wie man an die Macht käme, wußte sie nicht, aber es schien zumindest ganz entfernt möglich zu sein, sie erlangen zu können. Frieda mochte auch die Großmutter sehr, obwohl sie sie gleichzeitig fürchtete, denn sie war viel strenger als die Mutter. Aber sie wollte wie die Großmutter stark und unnachgiebig werden.

Es hatte über Nacht weiter geschneit. Frieda schlüpfte in den Mantel und ging hinaus auf die Straße um zu sehen, ob der Großvater schon aus der Fabrik nach Hause käme. Die Luft war erfüllt von feinen Eiskristallen, hin- und herwebend, flirrend im kalten Sonnenlicht, das die Straßen überflutete. Die Kälte schnitt in die Wangen und klebte die Nasenlöcher zu, und die Hände in den dünnen Fäustlingen wurden klamm und kalt. Mit zugekniffenen Augen blickte sie trotzdem voll Genuß über die makellose Weite, über dünnsichelige Schneedünen und dicke Schneepolster, die sich auf allem türmten. Später, als sich ein kalter Wind erhob, der die Eiskristalle noch stärker durcheinanderwirbelte, die Schneedünen umzuformen begann und gierig nach ihrem dünnen Mantel griff, um durch ihn hindurchzublasen, stapfte sie doch wieder dem Haus zu, in der Gewißheit, daß die Mutter Marmeladebrot und heiße Milch vorbereitet hätte.

Dann stand Frieda neben dem Herd auf der Holzbank und schaute durch das Fenster, an dem außen die Eiszapfen hingen, hinaus auf den Hof. Der Holzschuppen war fast begraben unter den Schneemassen und auch vom Waschhaus war nicht viel zu sehen. Der Vater hatte gestern erst einen Weg geschaufelt, den der Wind mit Monotonie wieder zuzuwehen begann. Der große Nußbaum streckte seine Zweige von sich, noch schlief er seinen totenähnlichen Schlaf. Sie begann sich plötzlich nach dem Sommer zu sehnen, denn nur wenn der Nußbaum wach war, wenn er lebte, konnte sie in seinen Zweigen sitzen, versteckt und einsam, Träumerin, die sie war, hier störte niemand ihre Empfindsamkeit, nicht mit Worten und Taten. Aber der Winter hatte eben erst begonnen. Sie dachte an die Freiheit des Sommers, sie fühlte sich wie ein gefangener Vogel, hier in diesem Zimmer, das ihren kindlichen Bewegungsdrang einschränkte, sie hatte einfach keinen Platz. Lethargisch setzte sie sich neben den Ofen und starrte auf das Ofentürchen, das nicht mehr dicht schloß, sodaß man die Flammen flakkern sehen konnte. Die Wangen begannen nach einer Weile zu glühen von der übermäßigen Hitze, die Kleider dampften und fühlten sich feucht an. Die Großmutter kam von draußen herein und hängte die völlig steifgefrorenen Wäschestücke auf das hölzerne Trockengestell über dem Herd. Der Geruch von kalter, frischgewaschener Wäsche verbreitete sich im Raum.

Nun war Frieda nach Lachen zumute, als sie die Männerhosen sah, von denen die Bänder unten und oben wegstanden, ganz starr, und sie stand auf, um der Großmutter beim Aufhängen zu helfen. Die Wäscheklammern wurden zu magischen Hölzchen, die alles lebendig und die verzauberte Wäsche wieder weich machten. Sie wurden auch zu goldenen, mit Edelsteinen besetzten Spangen, die sie sich ins Haar steckte, und dann war sie nur schön. Leise murmelnd sagte sie ihre Beschwörungsformeln, um die Dinge zum Leben zu erwecken. Die Großmutter ließ sie kopfschüttelnd gewähren. Mit der nun rasch hereinbrechenden Dämmerung versank der Raum im Halbdunkel. Sowohl die Frauen als auch das Mädchen verrichteten mechanisch die Arbeit, und ihre Gedanken verliefen sich in Vergangenem, Zukünftigem und in Träumen.

1900/1902

Wien war in den letzten Jahrzehnten des vergangenen Jahrhunderts zu einer Weltstadt herangewachsen. Die Einwohnerzahl stieg von 500.000 um 1850 auf 2,2 Millionen an. Die Stadt entwikkelte sich zum bedeutendsten Industriezentrum der Monarchie, welche Arbeitssuchende aus allen Ländern anlockte. Dadurch und mit der Zuwanderung so vieler Menschen war auch ein Aufstieg jener Gewerbe verbunden, die dem unmittelbaren Konsum dienten.

Der Großvater war tot. Er war ohne viel Aufsehen gestorben, wie es sich für einen Mann der unteren Klasse gehörte. Für Frieda war es ein Schock, zum ersten Mal in ihrem Leben war sie unmittelbar mit dem Tod eines ihr nahestehenden Menschen konfrontiert. Sie konnte sich nicht vorstellen, daß er nie wieder zur Tür hereinkäme, daß er nie mehr ihre Hand in seine derbe, verhornte Hand nähme, nie mehr wieder. Seine Hände waren eigenartig gewesen, wie Werkzeuge, hart und kraftvoll, und doch zärtlich, wenn sie ihr Haar und den Arm berührten.
Er war schweigsam gewesen, hatte nie hinterfragt, was und wie es mit ihr war. Sie hatte vor ihm nie Theater gespielt, sondern hatte in einer Selbstversunkenheit neben ihm sein dürfen, was ihr die anderen Erwachsenen niemals gestatteten. Deren Wachsamkeit entging nichts, keine Regung ihres Gesichts und ihrer Augen, und wenn sie, der Kontrolle müde geworden, Zuflucht bei dem Alten gesucht hatte, fand sie bei ihm stets freien Raum zur Entfaltung ihrer Gedanken.

Starr blickte Frieda auf den Toten, der aufgebahrt im Zimmer lag. Auf dem Friedhof würde er nun schlafen müssen, hatte man ihr gesagt, und sie könne ihn dort auch besuchen, zu ihm reden. Aber sie hatte nicht zugehört, sie wußte nur, daß durch seinen Tod etwas zerstört worden war. Sie sah einen Weg vor sich, der in die Erde führte, hinunter ins Dunkel, vor dem sie sich ängstigte. Dann rannte sie hinaus über den Hof und versteckte sich hinter dem Waschhaus. Das Begräbnis fand ohne Frieda statt.

Für lange anhaltende Trauer war keine Zeit. Der Vater mußte nun so schnell wie möglich Arbeit finden. Da es aussichtslos war, in Neustadt als Gerber unterzukommen, fuhr er zur Stellungssuche nach Wien. Er rannte einen Tag lang durch die Stadt, von einer Fabrik zur anderen, und am nächsten Tag weiter, schwitzend und fluchend zu Fuß, immer auf der Suche nach ihm unbekannten Gassen und Straßen. Und endlich hatte er Glück. Er fand eine Anstellung bei der Wiener Kalblederfabrik in der Ferdinandstraße. Die Arbeit war nicht besonders gut bezahlt, aber er stellte keine Ansprüche. In einer Arbeiterwohnung, in der schon vier andere Männer logierten, konnte er wochentags billig übernachten, es wäre unmöglich gewesen, jeden Tag zwischen Neustadt und Wien hin- und herzufahren. In der Unterkunft gab es nichts, was ihm gehörte, niemand kümmerte sich um ihn, kaum daß die Männer miteinander sprachen, kaputt und ausgelaugt von der Arbeit, wie sie waren.
Er erkannte bald, daß es besser war, eine Frau um sich zu haben, die sich um alles kümmerte. Deshalb ging er eines Tages einfach auf Wohnungssuche. War er schon bei der Arbeit nicht wählerisch gewesen, bemühte er sich auch da-

bei nicht sehr. Billig mußte es sein, das war die Hauptsache. Die Frauen waren entsetzt, als er eines Sonntags im September nach Hause kam und ihnen befahl, in der kommenden Woche den Haushalt aufzulösen. Am nächsten Sonntag würde er sie nach Wien holen. Es wurde jedoch nicht viel herumgeredet, was er sagte, hatte zu geschehen.

Der Umzug war nicht weiter schwierig. Sie besaßen nicht so viele Dinge, daß es ein Problem gewesen wäre, diese wegzuschaffen. Die Frauen weinten und verabschiedeten sich von den Nachbarn. Sie versprachen, nächsten Sommer auf Besuch zu kommen, aber das war wohl mehr Gerede, um den Abschied leichter zu machen. Man wünschte ihnen Glück und war ein wenig neidisch, daß sie nach Wien ziehen konnten. Die Hauptstadt erschien vielen als Paradies. Es wurde zwar Widersprüchliches erzählt, aber da sich keiner persönlich von den Verhältnissen hatte überzeugen können, wußte man nicht genau Bescheid. Vielleicht waren die Erzählungen vom Elend der Arbeiter, den schlechten Wohnverhältnissen, dem Schmutz und Lärm in der Stadt nicht wahr. In den Vorstellungen der Menschen war das Leben in der reichen Kaiserstadt mit großen Plätzen, Palais, schönen Geschäften in breiten Straßen, gut gekleideten Menschen und gemütlichen Wirtshäusern erstrebenswert. Frieda nahm mit gemischten Gefühlen Abschied. Sie konnte sich das neue Leben nicht im entferntesten vorstellen, daher erschien ihr die Zukunft auch nicht beunruhigend. Sie würde eine andere Schule besuchen, das schadete nichts. Richtig glücklich war sie hier nicht gewesen; das Weinberl der Lehrerin, die Obergescheite, hatten sie die anderen genannt. Wahrscheinlich waren die Kinder auch neidisch, daß sie jetzt eine Bürgerschule in Wien besuchen konnte. Das war etwas Besonderes, das hatte sie den Kindern im Hof auch gesagt. So eine Gelegenheit bekam nicht jeder, es geschah ihnen schon recht, sie hatten eben keinen so tüchtigen Vater wie sie, der eine Wohnung und Arbeit in Wien hatte. Und mit der Bahn würde sie nach Wien fahren, das allein war schon ein Grund zu Freude und Aufregung. Trotzdem spürte sie eine leichte Wehmut im Herzen, als ihr Blick ein letztes Mal über den Hof glitt, die Konturen des windschiefen Holzschuppens und des Waschhauses in der Dämmerung umfassend, fast zärtlich verweilend beim Nußbaum, der seine biegsamen Äste in den kalten Herbsthimmel streckte. Da würde sie nun nicht mehr sitzen, und nun verstärkte sich die Qual, der Schmerz. Sie erlebte Trennungen, hier ließ sie einen Teil ihrer Kindheit zurück, beim toten Großvater und beim Nußbaum im Hof. Sie fühlte den Druck der aufsteigenden Tränen im Hals und in der Nase, und sie wandte sich mit zornigen Schritten ab, ihre Gefühle verbergend.

Die Wohnung, die der Vater gemietet hatte, lag nahe der Schwedenbrücke im 2. Bezirk, zwar nicht mehr im Keller wie in Neustadt, sondern im Erdgeschoß, sie war aber ebenso kalt, muffig und sonnenlos. Allerdings gab es zusätzlich eine Gangküche, in der die Großmutter ihre Schlafstelle hatte.

Frieda hatte ab und zu noch Heimweh, sie sehnte sich nach der vertrauten Umgebung, nach den Kindern, die, obwohl sie Streit mit ihnen gehabt hatte, ein Teil ihrer Welt gewesen waren. Andererseits war sie fasziniert von der Stadt, die immer wieder andere Facetten anzusehen bot, und sie wurde nicht müde, danach zu suchen. Es zog sie besonders in die Innere Stadt, über die Brücke. Meist rannte sie heimlich hinüber, wenn die Großmutter sie zum Einkaufen geschickt hatte, um drüben für kurze Zeit in den alten Gassen unterzutauchen. Sie starrte begeistert in Auslagen und sah Dinge, die sie noch nie vorher zu Gesicht bekommen hatte. Sich plötzlich besinnend, lief sie ebenso schnell wieder zurück, um das Verlangte einzukaufen, und keuchend erzählte sie zu Hause, daß sie so lange habe warten müssen. Die Frauen waren ärgerlich und schimpften auf die Wiener Geschäftsleute, die kleine Mädchen nicht ordentlich bedienten. Frieda blieb ganz ruhig und verriet sich durch kein Wimpernzucken.

In der neuen Schule hatte sie sich schnell zurechtgefunden, sie war in ihrer Klasse wieder die beste Schülerin. Es machte ihr Spaß zu lernen, und die Sache mit dem Oberbuchhalter war noch nicht vergessen. Der Vater freute sich jedesmal sehr, wenn Frieda mit einem Zeugnis nach Hause kam.

„Laß einmal schaun, ob wieder alle Notn vorzüglich sind."
„Ja, Vater, schau einmal…"
„Jessas, na diesmal hast di ja ned sehr angstrengt, ausgrechnet in Französisch a Manglhaft, des is doch dei Lieblingsfach!"
„Hui, jetzt kommt die Mama…"
„Was hast gsagt, Vater, a Manglhaft hat's diesmal, na, ich hab mir's ja gleich denkt, daß zwenig glernt hat, na sowas, laß anschaun, i versteh ned, daß ma gleich a ganz schlechte Notn kriegn muß. Wo denn… naa… es is ja gar ned wahr…

ihr habts mi wieder für an Narrn ghaltn, jedes Mal machts ihr des, und i fall euch no drauf rein!"
„Ha, ha, ha, Mama, des is wirklich schön, daß ma mit dir an Spaß zweimal habn kann, deswegn mag i di!"
„Aber hör do auf, Vater, solche Sachn sagn. Jetzt les mir endlich des Zeugnis vor. Da san deine Gläser."
„I weiß es auswendig, Mama, i sag dir's auf: Französisch – vorzüglich, Naturlehre – vorzüglich, Rechnen – vorzüglich…"

Das Wesen der Mutter hatte sich verändert. Die Stadt bedrückte sie, die vielen Menschen machten sie unsicher und unruhig, sie konnte sich auf die neuen Verhältnisse nicht einstellen. Die Großmutter dagegen hatte rasch Anschluß bei Nachbarinnen gefunden. Ihr schien der Trubel zu gefallen. Wenn das Wetter schön war, ging sie mit großer Begeisterung mit Frieda spazieren, den Donaukanal entlang, über eine der Brücken zur Ringstraße oder zu den Wiesen am Wienfluß. Am Sonntag machten sie Ausflüge in den Prater, auf den Kahlenberg, einmal eine Wallfahrt auf den Leopoldsberg. Frieda wartete die ganze Woche über mit Spannung auf den Sonntag und darauf, was die Großmutter mit ihr unternehmen würde.
Die Mutter wollte nicht mitmachen, sie ließ nicht mit sich reden. Bald verging kein Tag mehr, an dem sie den Vater nicht inständig bat, eine andere Wohnung etwas außerhalb der Stadt zu suchen. Vielleicht wollte sie in ihrem Leben auch nur einmal einen Standpunkt vertreten, eigensinnig an einer vorgefaßten Meinung festhalten, da mochten die anderen sagen, was sie wollten. Sie phantasierte vom Land und von der frischen Luft und von den netten Leuten. In

den Auseinandersetzungen brüllte der Vater meist, sie solle ihm zuerst woanders Arbeit verschaffen, dann gäbe es auch eine andere Wohnung. Einmal schrie er, daß er, wenn sie wolle, sogar nach Amerika ginge. Die Großmutter keppelte im Hintergrund, sie sollten mit der Streiterei aufhören, das ganze Haus höre mit. Und nach Amerika zu gehen, das solle er sich aus dem Kopf schlagen, das käme nicht in Frage. Daraufhin brüllte der Vater noch lauter, daß das mit Amerika nur so dahergeredet sei, er hätte nicht im Traum daran gedacht auszuwandern, nur sollten sie ihm endlich Ruhe geben. Oftmals stand er dann auf und ging auf ein Bier. Sollten die Weiber schauen, wie sie weiterkamen ohne ihn. Nach einer Zeit war ihm klar, daß er seine Ruhe erst haben würde, wenn er etwas unternahm. Er begann sich umzuhören und eine Arbeitsstelle außerhalb Wiens zu suchen. Nachdem er einige Zeit ohne Erfolg geblieben war, hatte er dann doch Glück. Die Firma hatte einen guten Ruf und bezahlte akzeptable Löhne. Der Besitzer, Kommerzienrat Grätzer, war einer der wenigen sozialen Arbeitgeber, der seine Arbeiter und Angestellten nicht ausbeutete. Er hatte gegenüber der Fabrik in Atzgersdorf sogar Wohnhäuser für sie bauen lassen.

Der Vater hatte mit dem alten Grätzer selbst sprechen und ihn um Arbeit bitten müssen. Es war ihm sehr unangenehm gewesen, wie er so vor ihm gestanden war und seine Familienverhältnisse ausgebreitet hatte. Von der Frau hatte er erzählt, die es in der Stadt nicht aushalte, sie sei schon fast gemütskrank. Wegen der grauen Häuser vor den Fenstern war es, und auch, weil kein bißchen Sonne in die Wohnung kam. Und von der Tochter erzählte er, die so brav sei in der Schule, ein kluges Kind, aber leider kränklich, sie brauche dringend frische Luft und Wärme. Deshalb bitte er um eine Stelle in der Gerberei, er würde sehr bemüht sein und fleißig, und dann noch, wenn es möglich wäre, um eine Wohngelegenheit. Verlegen und stumm wartete er auf eine Antwort, die auf sich warten ließ. Endlich sagte der alte Grätzer, daß er es mit ihm als Zurichter probieren wolle, wegen einer Wohnung wollte er überhaupt keine Zusage machen. Als der Vater nach Hause ging, war er zornig. Worauf hatte er sich da bloß eingelassen. Er bekam zwar etwas mehr bezahlt, aber er mußte jeden Tag nach Atzgersdorf fahren. Eigentlich hatte er gehofft, gleich eine Wohnung angeboten zu bekommen. Aber das war zuviel verlangt gewesen, nur ein Narr konnte sich einbilden, daß man zwei Geschenke auf einmal erhielt. Verrückt, das war er wohl, da hatte er sich schön in die Nesseln gesetzt. Er gab eine Stelle auf, die nicht ganz schlecht war. Die Ferdinandstraße, wo er jetzt arbeitete, war nicht weit von der Wohnung entfernt. Und alles wegen der Weiber, weil die ständig etwas zu jammern hatten. Ihn hatte noch nichts von dem gestört, was ihm jeden Tag vorgehalten wurde. Aber jetzt hatten sie es mitzutragen, er würde wieder nicht zu Hause sein. Wütend wie er war, und weil er sich so ausgeliefert vorkam, ging er ins Wirtshaus und trank Bier.

Ein wenig schwankend und um nichts erleichtert kam er spät in der Nacht nach Hause. Natürlich waren alle wach oder erwachten von dem Lärm, den er machte. Da redete er sich den Ärger gleich von der Seele, es war ja doch alles egal. Die Großmutter, die die Kerze angezündet hatte, wollte ihn beschwichtigen, weil doch die Nachbarn alles mithören konnten. Zornig warf er die Schuhe an die Eingangstür und hieß die Alte still sein. Dann ließ er sich ins Bett fallen.

Die Großmutter löschte das Licht. Nachdem er eine Weile bewegungslos gelegen war, ergriff er den Arm seiner Frau, die sich die ganze Zeit über nicht gerührt hatte. Nun schrak sie zusammen und murmelte, er solle doch schlafen, es wäre schon so spät. Davon wollte er nichts wissen und schnaufend wälzte er sich hinüber zu ihr. Sie versuchte zwar, ihn wispernd abzuwehren, doch es gelang ihr nicht, und bald bebte das Bett, knarrte und quietschte der Einsatz. Die Großmutter räusperte sich vernehmlich in der Küche. Das störte ihn nun doch etwas, und so war die Sache schneller beendet, er war auch wirklich müde, noch halb auf seiner Frau liegend, schlief er ein.
Frieda war die ganze Zeit über wach im Bett gelegen und hatte alles mit angehört. Ihr Herz schlug mit harten kurzen Schlägen bis zum Hals hinauf. Es war nicht das erste Mal, daß sie mit weit aufgerissenen Augen in die Dunkelheit hinüber zum Bett der Eltern starrte und lauschte. Sie konnte sich nicht erklären, was hier geschah, aber es erfüllte sie mit Abneigung. Der Vater tat der Mutter etwas, was diese nicht wollte, denn immer wieder hörte sie die Mutter „nein" sagen, oder „nicht schon wieder", oder „wenn etwas passiert". Sie begann den Vater mit anderen Augen zu betrachten als bisher, und ihr Körper erstarrte, wenn er sie manchmal umarmte und auf seine Knie zog. Da saß sie nun nicht mehr so gerne, und seine Hände erschienen ihr zu groß und kräftig, sodaß sie diesen unbeholfenen Zärtlichkeiten auszuweichen begann.

Am Abend, wenn sie am Küchentisch saßen und die Mutter nähte, beobachtete Frieda sie ganz genau. Sie sah ihr minutenlang ins Gesicht, um eine Regung aufzufangen, ein Signal, ein erklärendes Wort, aber da war nichts. Sie hätte fragen, den Mund aufmachen müssen, was es denn sei, das der Vater in der Nacht mache und was sie nicht wolle. Frieda spürte, daß diese Frage zu stellen unmöglich war, sie hätte sie unter Aufbieten all ihres Mutes nicht über die Lippen gebracht. Sie verdrängte diese Gedanken und begann, ihre Tagträume zu spinnen, in denen sie erwachsen und frei war.

1905/1906

Im Dezember 1905 erhielt Bertha von Suttner den Friedensnobelpreis. Sie hatte im Jahre 1891 die Österreichische Gesellschaft der Friedensfreunde gegründet. Mit dem Buch „Die Waffen nieder" wurde sie weltbekannt.

Frieda beendete die Bürgerschule in der Wolfgang Schmälzl-Gasse im 2. Bezirk mit vorzüglichem Erfolg in allen Gegenständen. Sie war stolz auf sich. Am liebsten wäre sie weiter in die Schule gegangen, aber das war ganz einfach unmöglich. Es gab nur einige wenige höhere Privatschulen für Mädchen, die aus gehobenen Gesellschaftsschichten stammten. Dazu gehörte sie nicht, da half all ihr Fleiß nicht und auch nicht die außergewöhnliche Begabung, die ihr die Lehrer bestätigt hatten. Außerdem hätte der Vater den Besuch einer solchen Schule nicht finanzieren können.

Großmutter und Mutter hatten sich schon um eine Lehrstelle bemüht, aber es war nicht einfach, etwas zu finden. Sie war noch immer zu klein für ihr Alter, von schwacher körperlicher Konstitution, bleich und durchscheinend, und der leicht gerundete Rücken vervollständigte das Bild eines kränklichen Kindes. Schwindsüchtig sehe sie aus, meinte ein Schneidermeister, und sein durchdringender Blick maß sie von Kopf bis Fuß, so etwas könne er nicht brauchen.

Frieda fühlte, wie ihr das Blut in die Wangen schoß, sie verabscheute diesen Menschen, der doch gar nichts von ihr wußte und sie nur nach Äußerlichkeiten beurteilte. Das

Zeugnis hatte er gar nicht angesehen. Er brauche Leute, die arbeiteten, gescheit sei er selber, sagte er.

Nach einigen weiteren Mißerfolgen begann sie sich vor den Vorstellungen zu ängstigen. Sie zitterte schon Stunden vorher am ganzen Körper, aß nicht und sprach nicht. Die Mutter bemerkte einmal, in welchem Zustand sie sich befand. Sie ließ Frieda das gute Kleid wieder ausziehen und stellte sie ans Bügelbrett.
Frieda begann sofort mit Eifer zu arbeiten und fand auch bald die Anerkennung der Großmutter. Zwar durfte sie anfangs noch keine Hemden und Blusen bügeln, sondern nur Bett- und Tischwäsche, aber das machte ihr nichts aus. Das Bügeleisen zischelte auf der feuchten Wäsche, sie schob es langsam hin und her und war sehr bedacht darauf, nur ja keine Brandflecken zu machen. Sie hätten das Wäschestück ersetzen müssen und noch dazu eine Kundin verloren. Bald hatte sie von dem rauhen Holzgriff des Eisens Blasen an der Innenseite der Hand, aber sie biß die Zähne zusammen. Sie wollte arbeiten, endlich ein wenig Geld verdienen, um die Eltern zu unterstützen.

Eines abends verspätete sich der Vater beim Nachhausekommen sehr. Im Küchenherd brannte flackernd das Feuer, das heiße Wasser im Schiff summte. Am Rand des Herdes standen die gekochten und geschälten Erdäpfel zum Warmhalten. Endlich polterte der Vater bei der Tür herein. Frieda stellte sich schnell hinter den Küchentisch, da sie sofort bemerkte, daß er getrunken hatte. Die Mutter kam aus dem Zimmer und erstarrte in ihrer Bewegung. Er aber stürzte auf sie zu, umarmte sie heftig und küßte sie schmatzend auf

Mund und Wangen. Wasser stand ihm in den Augen, als er endlich, nicht gewohnt, freudige Dinge mitzuteilen, unbeholfen und stockend den Frauen sagte, daß er vom alten Grätzer eine Wohnung in Atzgersdorf zugeteilt bekommen habe.

Nun lösten sich die verkrampften Gesichter, nun konnten sie verstehen, daß er aus Freude ein wenig zuviel getrunken hatte, und auch, daß er noch ein Bier haben wollte. Frieda schlüpfte schnell in Mantel und Schuhe, nahm die beiden großen Krügel aus dem Küchenschrank und lief. Der Vater bekäme eines, und aus dem anderen würde sie drei Gläser ausschenken, zur Feier des Tages auch eines für sich selbst.

Atemlos vor Spannung saßen sie später um den Küchentisch und hörten der Schilderung des Vaters zu, der mit weit ausholenden Gesten das Haus und die Wohnung beschrieb.

„Im zweitn Stock is, die Kuchl hat a Fenster nach Sonnenaufgang, und zum Klo braucht ma ned weit gehn, des is gleich schräg gegenüber von der Eingangstür. Und erst das Zimmer, des is größer als das jetzige, mit zwei Fenstern und sogar an kleinen Extraofn. Und wenn ma aus'n Fenster schaut, sieht ma Atzgersdorf vor an liegn, und wenn ma si außebeugt, gibt's unten kan pflasterten Hof wie da in Wien, sondern kleine Gemüsegärtn, Ribislsträucher und an Hasnstall. Am schönsten aber is der Blick aus'n Kuchlfenster, da ist a riesige Wiesn, und dann Felder und a Weingartn. Und der Eingang zur Fabrik is gleich gegnüber, und es hat a End mit'n stundenlangen Bahnfahrn. Und fürs Friedale gibt's endlich a gute Luft!"

Er strich Frieda zärtlich mit seiner rauhen Hand über den Kopf. Sie senkte den Blick, den sie die ganze Zeit über fest auf ihn gerichtet hatte und ließ sich diese Liebkosung gefal-

len, spürte sie doch eine fürsorgliche Anteilnahme aus seiner Stimme.
Die Großmutter hatte zu weinen begonnen. Sich über die Augen wischend sprang sie nun auf und ging die zwei Schritte zu ihrem Bett. Unter dem Kopfpolster holte sie ein Täschchen hervor, aus dem sie ein Bündel Banknoten nahm, alles was sie in den letzten Jahren erspart hatte. Es war der Lohn für viele Stunden bewegungslosen Sitzens und Stickens, für wundgestochene Finger, tränende Augen und einen schmerzenden Rücken. Nun gab sie es den Kindern gerne, sie drückte der Tochter das Geld in die Hand, damit sie sich endlich Schlafzimmermöbel kaufen könne, das sei das erste und wahrscheinlich letzte Geschenk, das sie ihr im Leben machte. Nun weinte auch die Mutter, sie hätte nie zu hoffen gewagt, solch eine Summe Geldes jemals in die Hand zu bekommen. Sie versuchte zu protestieren, weil es doch so mühsam erspart worden war, aber davon wollte die Alte nichts wissen.
Bis tief in die Nacht hinein saßen sie beisammen, die Großmutter kochte schluckend und schneuzend noch Kaffee, und der am Vormittag gebackene Sonntagsgugelhupf wurde angeschnitten. An solch einem Tag konnte man es sich erlauben, etwas Außergewöhnliches zu tun.

1908/1910

Im August 1908 wurde bei Grabungsarbeiten in Willendorf in der Wachau eine ca. 11 cm große Figur aus Kalkstein gefunden. Das Alter der „Venus von Willendorf“ schätzte man auf 25.000 Jahre.

Sie fühlten sich in der neuen Wohnung sehr wohl. Die Mutter hatte bei einem Altwarenhändler schöne Schlafzimmermöbel erworben, zwei Betten, zwei Nachtkästchen, zwei Kästen, ein ovales Tischchen mit zwei gepolsterten Sesseln und eine Psyche mit einem großen Spiegel. Ein bißchen Geld war noch übriggeblieben. Da es in der Wohnung sogar Strom gab, war der Vater großzügig gewesen und hatte noch etwas dazugegeben, so konnte sie auch noch einen stoffbespannten Luster kaufen, ein wahres Prachtstück mit dünnen, herabhängenden Glasstäben in der Mitte, die im warmen Licht der Glühbirne silbrig glänzten. Wenn die Kinder der Leute, die oberhalb wohnten, hin- und herrannten, schaukelte der Luster, bebte ganz leise, und die Stäbe klickerten kaum hörbar aneinander.
Frieda liebte die neuen Möbel, vor allem den Luster. Sie fand, daß der Diwan in der Ecke, auf dem sie schlief, die Einheit des Raumes störte. Er paßte nicht zu der vornehmen Einrichtung. Schade war auch, daß sie nicht wenigstens ein kleines Kabinett für sich hatte. Nur der Diwan hätte darin Platz haben sollen, vielleicht auch noch ein Tisch und ein Sessel. Aber nicht jeder Wunsch, den man hatte, ging in Erfüllung, das wußte sie schon, und sie konnten mit dem Erreichten durchaus zufrieden sein.
Die Großmutter war tagsüber unterwegs, um neue Heimar-

beit zu finden. Es dauerte, bis man ein oder zwei zufriedene Kundinnen hatte, die einen weiterempfahlen. Frieda und die Mutter hatten nun an den Nachmittagen Zeit, spazieren zu gehen. Oft warteten sie abends vor dem Fabrikstor mit sonnengebräunten Wangen auf den Vater. Dabei sahen sie auch manchmal den Kommerzienrat Grätzer vorbeigehen. Einmal blieb er stehen und musterte Frieda streng. Sie knickste ganz verstört und brachte vor Schreck zuerst kein Wort heraus.

„Du bist doch das gscheite Madel von dem Neistädter? Hast du denn ka Arbeit?"

„Ich, nein, ich hab keine Arbeit... weil... man wollt mich nicht zum Arbeiten, weil ich schau schwindsüchtig aus... und gscheit sind die Meister selber, hat einer gsagt, da brauchen sie keine Hilfe, nicht von so einer wie mir."

„Ha, ha, a so a meschiggeres Kind hab i scho lang nicht gsehn. Paß auf, morgn Vormittag uma Zehne kummst mitn Zeignis zu mir!"

„Ja, Herr Grätzer, küß die Hand."

Frieda konnte am Abend nicht einschlafen. In der Küche stritten der Vater und die Frauen darüber, ob sie ein Angebot des Alten zur Fabriksarbeit annehmen solle oder nicht. Er sei bis jetzt auch nicht zugrundegegangen, meinte der Vater, er arbeitete immerhin seit seinem zwölften Lebensjahr in Gerbereien. Das Kind sei zu zart, meinte die Großmutter giftig, und wenn sie dann ernstlich krank wäre, könnte sie nicht einmal mehr bügeln oder nähen. Schließlich einigten sie sich darauf abzuwarten, und nun erst trat Ruhe ein.

Am nächsten Morgen waren sie alle nicht ausgeschlafen,

der Vater ging ohne Frühstück und ohne eine Wort, weil er die Stimmung nicht mehr aushalten konnte. Nun stürzten sich Mutter und Großmutter auf Frieda. Sie mußte sich waschen und die Haare bürsten, sie zupften an dem Kleid und legten den Kragen immer wieder zurecht, bis es ihr zuviel wurde. Sie riß das Zeugnis vom Tisch und stürzte ebenso wortlos aus der Tür.

Frieda war nur kurz beim alten Grätzer gewesen. Wenn sie wolle, dann solle sie morgen in seinem Büro in der Wiener Niederlage anfangen. Zahlen würde er nicht viel, sie müsse erst zeigen, was sie könne, aber das Geld für die Fahrkarte nach Wien bekäme sie zurückerstattet. Frieda war nicht so mutig gewesen wie am Tag vorher, hatte nichts gesagt außer Dankeschön, einen Knicks gemacht und war schon wieder draußen auf dem Hof.

Der Vater stand am Tor des Lederlagers und rief sie zu sich. Er wollte zuerst nicht glauben, daß sie anstatt als Arbeiterin in der Fabrik im Büro arbeiten sollte, das sei doch fast zuviel der Ehre. Aber sie versicherte ihm, daß sie schon morgen dorthin fahren solle. Der Vater blieb kopfschüttelnd zurück.
Sie lief über die Gasse, durchquerte den ersten Hof, eilte weiter, hinauf bis zur Wohnung. Sie war allein, die Frauen waren einkaufen gegangen. Sie ging ins Zimmer und stellte sich vor den Spiegel. Der Blick in den Spiegel bestätigte ihr, daß die Gestalt nicht vollkommen war. Sie versuchte, ganz gerade zu stehen und die runden Schultern zu straffen. Sie hatte eine Chance erhalten, die ihr Leben verändern konnte. Sie würde mit Ehrgeiz und Fleiß arbeiten. Mit

grimmigem, kindlichem Ernst dachte sie, daß sie doch noch etwas aus sich machen würde, und sei es nur da oben drinnen, und sie preßte die Handflächen an ihre Schläfen. Die Großmutter, die eben hereinkam, nahm die neue Entwicklung eher gleichmütig entgegen. Sie schickte Frieda auf der Stelle in den Keller, um Holz zu holen, denn vom Spiegelgaffen gäbe es kein Feuer und auch kein Essen für den Vater. Mit eingezogenem Kopf sauste Frieda an der Großmutter vorbei und die Stiegen hinunter. Einmal werde ich machen, was ich will, dachte sie.

Im Juni 1908 fand wegen des 60jährigen Thronjubiläums des Kaisers ein Huldigungsfestzug auf der Wiener Ringstraße statt. Das war ein Anlaß, wieder einmal in die Stadt zu fahren. Frieda durfte ein neues Kleid anziehen, das ihr die Großmutter aus zwei alten geschneidert hatte. Es war sehr hübsch geworden, und Frieda fühlte sich erwachsen und schön.

Sie spazierten zuerst durch die Stadt und drängten sich dann mit tausenden anderen Menschen, um einen Blick auf den vorbeifahrenden Kaiser werfen zu können. Frieda hatte das Glück, ihn zu sehen, und die Erscheinung des alten, weißbärtigen Menschen beeindruckte sie tief.

Anschließend fuhren sie noch in den Prater. Es herrschte auch hier ein wildes Gewühle zwischen den Buden, die Lokale waren alle überbesetzt und noch immer drängten mehr Menschen herbei. Sie fanden Platz an einem Tisch, rückten ganz eng zusammen, lachten und redeten laut, der Vater noch etwas mehr als die Frauen, nachdem er sein zweites Bier getrunken hatte.

„Der alte Grätzer soll leben, jetzt kommen gute Zeitn.

Wann zwa von uns Geld verdienen, dann werd ma uns mehr leistn können. I bin richtig froh, daß i damals zu eam hingangen bin und eam alles derzählt hab. Leicht is mir des ja ned gfalln."

„Und i bin richtig froh, daß i di dauernd sekkiert hab, damit du dir a andere Arbeit suchst, weil von selber hättest eh nix gmacht."

„Ja, Mama, heut gib i dir ja a recht, damals bist mir schon auf die Nervn gangen."

„Die Frieda wird neue Schuh und an neuen Mantl brauchn für'n Winter."

„Natürlich kriegt's des. Vielleicht können mir zu einer Schneiderin gehn, damit das auch a schöner Mantl wird."

„Soll des vielleicht heißn, mir tun ned gut gnug schneidern?"

„Aber na, ihr seid's ja eh gut, aber für's Friedale soll's diesmal ja was bsonderes sein."

„Ja, Vater, i möcht so gern an Mantl mit an Pelzkragn, den kann ma im Winter so schön zum Gsicht haltn, da is an am Hals ned kalt. Die Maier Elisabeth in der Schul in Neustadt hat so an Mantl ghabt, der hat mir immer schon so gut gfalln. Und weißt, Mama, was i mir noch denkt hab, vielleicht könnten mir zwei nächstes Jahr a Wallfahrt nach Mariazell machn mit der neuen Eisenbahn, i glaub, des tät dir gfalln."

„Aber Kind, jetzt tu ned dein Geld ausgeb'n bevor du es noch hast. Obwohl, des machert mir schon a riesige Freud, mein Leben lang wollt i amal nach Mariazell, gell Vater, bis jetzt is sich des nie ausgangen, aber des weißt ja eh genau."

„Meine Weiberln, i sag euch, jetzt sollt die Zeit stehn

bleibn, jetzt, auf die Minutn, wo mir alle glücklich und zfriedn san!"

Frieda stürzte sich mit Feuereifer in die Arbeit. Sie hatte Geschäftsbriefe händisch in das Kopierbuch abzuschreiben. Der alte Grätzer lobte ihre wunderschöne Schrift. Stunde um Stunde schrieb sie, viele Briefe gingen durch ihre Hände. Sie las alles neugierig und sorgfältig und bekam einen guten Einblick in das Geschäft.
Als der Alte sie nach einigen Wochen zu sich rufen ließ, hatte sie ein gutes Gefühl und sie lächelte ihn an, als er ihr gegenüberstand. Es stimme schon, sagte er, gescheit sei er selber auch, wie alle Meister, aber, und dabei zwickte er sie leicht in die Wange, er hätte gerne auch noch gescheite Mitarbeiter. Deshalb habe er sie in der Handelsschule Weiß angemeldet, damit sie alles lerne, was er so brauche, Handelsrecht und Buchhaltung, ein bißchen Gabelsberger und Schreiben auf der Maschine, das wäre so bequem. Frieda starrte ihn ungläubig an. Dann stotterte sie, daß ihr Vater das nicht werde bezahlen können, aber er lachte nur laut. Das brauche ihre Sorge nicht sein, er würde alles zahlen. Aber, meinte er ernst werdend, es verstünde sich von selbst, daß der Vertrag zwischen ihnen bestehen bliebe und daß sie nach Beenden der Schule nur bei ihm weiterarbeiten dürfe. Frieda war empört, daß er auch nur in Erwägung zog, daß sie so undankbar sein könnte, dies nicht zu tun. Sie wurde rot und stammelte, was er denn von ihr dächte. Da lachte er wieder, nahm sie um die Mitte, drückte sie ein wenig an sich und ging.

Im Frühsommer des nächsten Jahres ging sie von der Schule ab mit dem klassenbesten Zeugnis und einer ehrenvollen Anerkennung in Stenographie. Der alte Grätzer war zufrieden. Jetzt sei es aber genug, meinte er, ein Jahr reiche, das zweite könne man sich schenken. Frieda bedauerte sehr, die Ausbildung nicht beenden zu können, mußte aber einsehen, daß sie sein Entgegenkommen nicht strapazieren durfte und ihr Versprechen einlösen mußte. Ohne Unterbrechung fuhr sie weiter nach Wien, nun wieder in die Niederlage, und der Alte begann, sie im Büro an verschiedenen Stellen einzusetzen.

Eines Tages kam der Alte zu ihr ins Zimmer. Frieda erhob sich, um zu grüßen. Er trat nahe an sie heran, sodaß sein Arm den ihren berührte und sie nicht wußte, was sie tun sollte, stand doch der Sessel unmittelbar hinter ihr und dahinter war die Wand. Ihr wurde furchtbar heiß. Er erzählte weit ausholend von seiner kranken Frau, sie hustete so stark und er habe für den Abend Konzertkarten, die er nicht verfallen lassen wollte. Da habe er an sie gedacht, sie wäre doch sicherlich noch nie in einem Konzert gewesen. Er blickte sie stirnrunzelnd an, ohne auch nur einen Zentimeter zurückzuweichen. Frieda war nicht in der Lage, einen Ton herauszubringen und schüttelte nur stumm den Kopf. Na eben, meinte er, zwickte sie in die roten Wangen, zwinkerte mit den Augen und ging zufrieden in sein Büro.

Nachdem er die Tür geschlossen hatte, begannen ihre Hände zu zittern. Sie blickte an sich herab. So wie sie aussah, konnte sie zu keinem Konzert gehen, niemals, daß er das nicht bedacht hatte. Sie meinte, den ältesten Rock der Welt anzuhaben, und die Bluse war zerdrückt. Den Nachmittag verlebte sie wie in Trance. Als die Kollegen gegen Abend das Büro verlassen hatten, stürzte sie zu dem kleinen Ra-

sierspiegel, der über der Waschschüssel auf dem Korridor hing und frisierte sich mit bebenden Händen.
Endlich hörte sie die kurzen, stampfenden Schritte des Alten. Sie lief zurück ins Zimmer und holte ihren Umhang und den Beutel. Er ging voraus zu seinem neuen Auto, das er selbst lenkte. Zuerst wußte Frieda gar nicht, wie sie einsteigen sollte. Der Rock wickelte sich um ihre Beine und es war ihr sehr peinlich, daß er warten und ihre Ungeschicktheit bemerken mußte.
Er fuhr ziemlich schnell. Frieda verstand nichts vom Autofahren, und sie empfand ein wenig Angst. Sie war froh, als sie wieder aussteigen konnte.
Gemeinsam betraten sie ein ihr unbekanntes, sehr schönes Gebäude durch einen Seiteneingang und gingen eine Treppe hinauf bis in einen kleinen Saal. Es waren schon viele Menschen da, zum Teil sehr gut gekleidet, die Damen parfümiert und schmuckbehängt. Frieda war froh, daß sie ziemlich weit hinten unter der kleinen Galerie ihre Plätze hatten, so fühlte sie sich nicht ganz so unbehaglich. Der Alte redete nicht viel, er nickte nur ab und zu grüßend zu ihr Unbekannten hin. Fast schien es, als habe er vergessen, daß Frieda neben ihm saß. Ihr erging es nicht anders, sie vergaß ihn, so gefangen war sie von den Ereignissen. Vorne auf der Bühne stand ein Flügel. Als endlich alle Platz genommen hatten, wurden die Türen geschlossen, die Unterhaltung und das Husten wurden etwas leiser. Dann kam eine junge Frau auf die Bühne. Sie trug ein ecrufarbenes Spitzenkleid, zartrosa und blaßgrüne Bänder umfächelten sie bei jeder Bewegung. Die Haare bildeten einen hellen, blonden Strahlenkranz um ihr Gesicht und sie lächelte und knickste wie eine Tänzerin. Das Publikum klatschte, und sie setzte sich

ans Klavier. Sie spielte Sonaten und Impromtus von Schubert, und die Menschen ringsum nickten mit den Köpfen und sie lächelten.
Frieda saß bewegungslos da und starrte auf die schöne Pianistin. Mehr noch als diese ging ihr die süße und schmerzerfüllte Musik zu Herzen, so etwas Schönes hatte sie noch nie gehört. Viel zu schnell war es zu Ende. Frieda klatschte, daß ihr die Handflächen brannten und der Alte neben ihr hochfuhr. Erstaunt bemerkte sie, daß er geschlafen hatte.
Frieda folgte gehorsam dem alten Grätzer, der ihr bedeutete mitzukommen. Draußen war es sehr kühl und sie begann zu zittern. Als sie wieder im Auto saß, merkte sie erst, wie müde sie war. Sie bekam Kopfschmerzen und es fiel ihr ein, daß sie seit dem Jausenbrot am Vormittag nichts mehr gegessen hatte.
Die Fahrt nach Atzgersdorf erschien ihr endlos, manchmal sank ihr Kopf nach vorn auf die Brust, sie schlief ein. Der Wagen hielt mit einem Ruck, der Alte legte ihr väterlich den Arm um die Schulter und drückte sie ein wenig an sich. Sie flüsterte etwas davon, wie schön es gewesen sei. Er lachte leise, und einen Augenblick hatte es den Anschein, als wolle er noch etwas sagen. Statt dessen zwickte er sie in die Wange und entließ sie.
In Friedas Kopf klangen die Melodien nach, die zärtlich schmiegsamen Töne, die sie mit einem Schlag süchtig nach Musik gemacht hatten. Sie würde wieder ins Konzert gehen, das wußte sie genau. Als sie die Wohnung betrat, kam ihr die Großmutter entgegen. Sie machte ihr leise, aber heftige Vorwürfe, daß sie so spät nach Hause kam. Als sie das Gesicht der Enkelin sah, wußte sie, daß etwas Besonderes vorgefallen war. Aber Frieda wollte nichts erzählen. Zornig

ging die Großmutter wieder zu Bett und löschte das Licht. Dabei keppelte sie über die Sturheit, die in der Familie läge. Frieda schlich leise ins Zimmer, wo die Eltern schliefen. Im Vorbeigehen hatte sie von der Kredenz noch einen Apfel genommen, den sie nun im Dunkeln im Bett unter der Dekke heißhungrig verzehrte. Nur der Stengel blieb übrig, den warf sie schwungvoll unter das Bett der Eltern. Dann lachte sie übermütig und schlief sofort ein.

1911/1912

Im Oktober 1912 scheiterten die Bemühungen Österreich-Ungarns und Rußlands, die Balkan-Krise friedlich beizulegen. Nach der Niederlage des Osmanischen Reiches verweigerte Wien die Zustimmung zur Erklärung, die das „Desinteresse der Großmächte an der Balkanfrage" betonte. Frankreich und Rußland vereinbarten, jeder Gebietserweiterung einer Großmacht auf dem Balkan entgegenzutreten.

Frieda feierte ihren 19. Geburtstag. Der Vater hatte erlaubt, daß sie sich Schuhe kaufte. Mutter und Großmutter kamen nach Wien und gingen mit. Als sie vor dem Geschäft standen, hatte Frieda keine Vorstellung mehr, welche Schuhe sie eigentlich wollte, obwohl sie seit langem darüber nachgedacht und Auslagen angesehen hatte.
Das Reden im Geschäft besorgten Mutter und Großmutter. Frieda kam nicht zu Wort. Die beiden, die sich selbst kaum etwas Neues kaufen konnten, weil das Geld meist nur für das Nötigste reichte, genossen es, sich eine Unmenge von Schuhen zeigen zu lassen. Abwechselnd belehrten sie nicht nur Frieda, sondern auch die Verkäuferin, welche Eigenschaften ein guter Schuh haben sollte. Schuhe mit Bändern seien den Schlüpfern vorzuziehen, denn Schlüpfer ruinierten den Fuß. Außerdem sähe es schlampig aus, wenn man beim Gehen aus den Schuhen rutschte, und schlampig dürfe ein junges Mädchen nicht wirken, denn vom Aussehen konnte man direkt auf den Charakter schließen. Was sollte ein Mann von einem Mädchen denken, wenn er sah, daß sie

daherkam wie ein Waschweib. Die Verkäuferin bemühte sich ehrlich um die Kundinnen und sparte nicht mit zustimmenden Antworten.
Frieda war erschöpft vom Anprobieren und den Tränen nahe. Sie war wütend und schwor sich, das nächste Mal allein einkaufen zu gehen. Dieses Theater wollte sie nicht noch einmal mitmachen. Im Augenblick hatte sie jedoch nicht die Kraft, den Frauen zu widersprechen, und sie bezahlte ohne ein weiteres Wort ein paar klobige, braune Schuhe zum Schnüren, die nach Meinung der Verkäuferin bei guter Pflege Jahrzehnte getragen werden konnten.

Der Vater lobte am Abend den Kauf. Mit diesen Schuhen war sein Mädchen gut unterwegs, auch bei Regen und Schnee. Die Großmutter hatte Obstkuchen gebacken und einen großen Topf Kaffee gekocht, dem sie sogar etwas Bohnenkaffee beigemengt hatte. Die Milch war frisch abgekocht und mit einer dicken Haut aus Fett und Schaum bedeckt. Sie saßen um den Tisch in der Küche und durch das offene Fenster strömte die warme Abendluft, brachte Essensgerüche aus den anderen Wohnungen, den Duft frisch gemähten Grases von den angrenzenden Wiesen, das Geschrei der spielenden Kinder und des betrunkenen Hausmeisters, der später in der Nacht wieder seine Frau verprügeln würde. Alles zusammen war ein vertrautes Heimatgeräusch, ein Heimatgeruch, Frieda sog es ein, der Abend würde ihr unvergeßlich bleiben. Sie fühlte sich plötzlich ganz zufrieden, ruhig und geborgen. Als ihr Blick dann auf die Wäschebank fiel, auf der die neuen Schuhe standen, fand sie sie nicht mehr ganz so häßlich wie vorher. Dann begann sie, den Eltern und der Großmutter von der Arbeit in der Niederlage zu erzählen.

Frieda mußte sehr früh aufstehen, um rechtzeitig den Zug nach Wien zu erreichen. Sie fuhr bis zum Schwedenplatz, lief dann über die Brücke in die Lilienbrunngasse. Die Gegend war ihr vertraut von früher.

Die Tage verliefen streng eingeteilt, eintönig. Fest eingespannt in die Abläufe verrichtete Frieda mit der ihr eigenen Art die Arbeit, genau und penibel, nahm widerspruchslos Zusätzliches in Kauf, blieb freiwillig länger, was vom alten Grätzer besonders gerne gesehen wurde.

Bis Mittag wurde ohne Unterbrechung gearbeitet, Kunden und Lieferanten kamen, gingen, standen umher, die Geschäfte wurden lautstark abgewickelt und es herrschte ein enervierendes Gedränge in den kleinen Büroräumen. Die Luft war zum Schneiden vom Atem der Menschen, dem Rauch der Zigarren und der modischen Zigaretten, und alles zusammen überlagerte der durchdringende Geruch des frisch gegerbten Leders. Wenn die Streitereien ins Kaffeehaus verlegt wurden, waren alle froh, so herrschte wenigstens für kurze Zeit Ruhe. Frieda sprang dann regelmäßig auf, um alle Fenster zu öffnen.

In der Mittagspause ging sie meist in eines der umliegenden Gasthäuser, die ganz billige Speisen anboten, essen. Ab und zu nahm sie Essen von zu Hause mit, das war noch günstiger. Wenn das Wetter aber schön war, ging sie lieber spazieren, entweder den Donaukanal entlang oder über die Brücke in die Stadt.

Die Nachmittage verliefen etwas ruhiger. Nach vier Uhr tranken alle Tee, dann setzte sich der Alte zu ihnen. Der Kaffee am Vormittag verdarb ihm den Magen, daher wollte er nachmittags keinen. Frieda saß still und hörte den Gesprächen zu. Sie war aufmerksam und versuchte, sich möglichst viel von dem Gesagten zu merken.

Sie lernte viele Menschen aus allen Teilen der Monarchie kennen. Sie sah auch, wie die Menschen ihre Geschäfte abwickelten, bauernschlau und listig, kleinkrämerisch, aber auch großzügig, leichtsinnig, manchmal dumm. Den alten Grätzer führte so schnell keiner hinters Licht, und sie empfand Genugtuung, wenn sie sah, daß er ein Geschäft zu seinen Gunsten beenden konnte. Frieda lernte, sich nicht von der äußeren Erscheinung eines Menschen und seiner Art zu sprechen, blenden zu lassen.
Dem Alten gefiel Frieda, er hatte sich nicht getäuscht. Er hatte sie als die Arbeitskraft erkannt, die er brauchte. Er hatte nicht vergeblich in sie investiert, er konnte sich auf sie verlassen. Sie erfüllte seine Wünsche genau und zuverlässig, entwickelte jedoch daneben eine eigene Meinung und vertrat diese trotz ihrer Jugend auch.
Einmal hatte er sich in dem Gedränge zu ihr geschoben, hatte mit den Augen gezwinkert und nahe an ihrem Gesicht geflüstert, daß „vier Oigen besser san als zwa" und dabei mit dem Daumen auf die lärmenden Geschäftsleute gewiesen, die sich um die Lederwaage drängten. Frieda hatte unmerklich genickt und höllisch aufgepaßt. Bald wollte er nur mehr sie zu den Kaufverhandlungen zugezogen wissen. So stand sie mit den Büchern am Stehpult neben der großen Waage inmitten eines Haufens streitender und keifender Händler, die einander nicht den kleinsten Vorteil gönnten. Nicht nur einmal stand ein Fuß wie unbeabsichtigt hinter einem Lederballen auf der Waage und erhöhte damit das Gewicht. Frieda dachte immer an die Ezzes, die ihr der Alte gab, und sie verständigte sich mit Blicken, Augenzwinkern und Handzeichen mit ihm, der in der Menge auf- und untertauchte, „so a Chuzpe, alles Betrieger, so a Niedertracht".

Nach kurzer Zeit sprach Frieda jiddisch und ein wenig serbokroatisch und tschechisch, die französische Sprache, die sie in der Schule gelernt und die sie so geliebt hatte, brauchte sie zu ihrem Bedauern nicht mehr.
Frieda wirkte auf ihre Umgebung korrekt und sauber, sie war konservativ, anständig, religiös, nie besonders modisch gekleidet, geschminkt oder parfümiert. Sie hatte schöne graue Augen und eine schmale Nase. Ihr Haar war gescheitelt, kurz geschnitten und mit Spangen an den Seiten festgehalten. Die weiten Blusen mit Stickerei- oder Häkelkrägen, die sie nach der Anleitung der Großmutter nun an Abenden und Wochenenden selbst fertigte, verbargen die runden Schultern fast ganz. Sie war eine hübsche junge Frau.
Den derben Scherzen der Kutscher auf dem Hof begegnete sie mit eisigem Lächeln. Sie brauchte nichts zu sagen, die Ablehnung stand ihr ins Gesicht geschrieben. Sie mied auch sonst den Umgang mit den männlichen Kollegen. Sie war sich nicht im klaren, ob sie einen Mann haben wollte oder nicht. Eigentlich wollte sie keinen. Das kam ihr selber seltsam vor und sie verband es damit, daß sie körperlich nicht vollkommen war, einfach nicht schön genug zum Heiraten. Andererseits schienen ihr die Umwelt und das Leben einer Frau auf die Erfüllung dieses Lebens in der Ehe und auf die Bedürfnisse eines Mannes ausgerichtet zu sein. Zuhause hörte und sah sie auch nichts anderes. Die Großmutter gab ihr ständig Hinweise und ermahnte sie, was zu tun wäre, wenn man einen Mann haben wolle, oder was zu tun schlecht wäre, dann bekäme man nämlich keinen.
Sie war gerne allein, ebenso gerne ging sie in die Oper und

ins Theater, und leidenschaftlich gerne arbeitete sie. Sie hatte ihr Leben so einrichten können, daß sie zufrieden war. Das einzige, was ihr zum vollkommenen Glück noch fehlte, war eine eigene Wohnung oder ein Zimmer, um dem ständigen Frage- und Antwortspiel zu Hause zu entkommen.

„Schau, Frieda, du mußt auch an später denken. Stell dir doch vor, daß mir ned ewig lebn, einmal müssn alle sterbn, und dann bist ganz allein. Drum näh i dir ja jetzt auch a Bettwäsch und a Unterwäsch, damits'd später einmal an ordentlichen Haushalt führen kannst. Das war bei uns immer so."
„Aber Mama, wenn ich heut heirat, dann kann morgn mein Mann sterbn, wer sagt denn, daß mir miteinander alt werdn."
„Das spielt keine Rolle, weil als Witwe kriegst leicht wieder an Mann, oder zumindest is des anständiger, als Witwe alt werden wie als Lediger."
„I weiß ned, was du alleweil mit dem Anständigsein hast. I find das überhaupt ned unanständig, wann eine Frau allein lebt. Erklär mir des einmal."
„Das verstehst jetzt no ned. Aber i sag dir, daß es so is. Und die Leut habn alleweil was zum Reden, des is auch so. Außerdem, wozu solln denn die Frauen sonst da sein, wenn ned zum Heiraten und zum Kinderkriegen? Man kann ned gegen die Natur an, meine Liebe, geh einmal zum Pfarrer, was dir der sagt."
„Na, mit'n Pfarrer kann i über solche Sachn ned reden, da komm i mir ja komisch vor."
„Es gibt ja eigentlich auch nix zum Reden, geh komm her, arbeit was."

Der Vater war sehr konservativ und wollte von einer Selbständigkeit und Trennung der Staaten der Monarchie nichts wissen. Es gäbe eben Krieg, schrie er aufgebracht, aber da könnten Frauen nicht mitreden. Das sei ausschließlich Männersache. Man werde die Monarchie verteidigen. Die Mutter, die auf der Wäschebank saß und Socken stopfte, bat ihn, nicht so zu schreien, er solle an die Leute denken. Er machte nur eine abwehrende Handbewegung und wandte sich wieder an die Tochter. Mit beschwörender Stimme versuchte er, ihr seine Meinung auseinanderzusetzen. Die Ungarn, die machten auf einmal was sie wollten, und auch die Tschechen, die überhaupt, und dann die Streitereien im Parlament. Das müsse ein Ende haben, da solle man nur hart durchgreifen, Ordnung müsse sein, Ordnung sei das halbe Leben. Und wenn diese Ordnung nicht mit Worten herbeizuführen sei, dann müßten eben die Gewehre her.
Frieda schüttelte nur ganz wenig den Kopf, aber sie wagte nicht, dem Vater zu widersprechen. Das anerzogene Verbot, das niemals zu tun, saß so tief, sie konnte nicht dagegen an. Sie entzog sich dem fruchtlosen Gespräch durch ein Gähnen und der Bemerkung, daß sie früh aufstehen müsse. Als sie im Bett lag, ärgerte sie sich, daß sie wieder nicht den Mut gefunden hatte, auszusprechen, was sie dachte. Aber was der Vater gesagt hatte, mußte seine Richtigkeit haben, er hatte doch immer recht. Frieda verstand nicht, warum er nach dem Krieg als Mittel zum Zweck verlangte, wie so viele andere Männer auch.
Sie grübelte lange, je länger sie nachdachte, desto ekelhafter erschien ihr die Möglichkeit, Menschen zu töten, weil sie anderer Meinung waren. Zum ersten Mal empfand sie bewußt die Gewalt und Unterdrückung, der sie zu Hause

ausgesetzt war. Sie fühlte sich wie eine Aufständische, als sie daran dachte, wie es wäre, sich einfach ein Zimmer in Wien zu mieten. Weg, hinaus aus der Enge, der Kleinbürgerlichkeit, weg von der Bevormundung und der Einschränkung ihres Lebens. Ihr Herz begann zu klopfen. Doch schon die Mitteilung ihres Wunsches erschien ihr unmöglich, sie hörte den Aufschrei der Mutter, die die Stadt nicht mochte, die unwiderrufliche Ablehnung des Vaters. Ein junges Frauenzimmer allein in der Stadt, das fehlte noch, nur Schande könnte es einbringen, würde die Großmutter sagen.

Die letzten Gedanken vor dem Einschlafen waren, daß vielleicht der nächste Tag die Gelegenheit brächte, den Eltern ihren Wunsch vorzutragen, mit dieser Hoffnung tröstete sie sich selbst.

1914/1916

Erzherzog Franz Ferdinand und seine Frau, Herzogin Sophie, wurden bei einem Attentat in Sarajewo am 28. Juni 1914 getötet.
Österreich erklärte Serbien am 28. Juli 1914 den Krieg.
Am 30. Juli 1914 erfolgte die russische Generalmobilmachung, am 31. Juli die österreichische, am 1. August die deutsche und die französische.
Am 1. August erklärte Deutschland Rußland den Krieg, am 3. August Frankreich und marschierte in Belgien ein. Am 4. August erklärte England Deutschland, am 6. August Österreich-Ungarn Rußland, am 11. und 12. August Frankreich und England Österreich-Ungarn den Krieg. Anfang November erklärten Rußland, Frankreich und England der Türkei den Krieg.
Im Oktober 1915 stellte sich Bulgarien an die Seite der Mittelmächte; im Mai 1915 trat Italien und im August 1916 Rumänien gegen die Mittelmächte an.
Im November 1916 starb Kaiser Franz Josef im Alter von 86 Jahren im Schloß Schönbrunn.

Die Nachricht vom Attentat hatte sich rasch verbreitet. Die Firmenmitarbeiter scharten sich zu kleinen Gruppen, redeten zugleich und aufeinander ein. Es wurde auch über Krieg gesprochen.
Der alte Grätzer schickte am frühen Nachmittag alle nach Hause, an Arbeiten war nicht zu denken. Er befahl Frieda,

noch zu bleiben. Sie kochte Kaffee, und als alle weg waren, setzte sie sich zu ihm an den Schreibtisch. Ihm sei der Krieg wurscht, meinte er lächelnd, sich den Bart streichend. Er sei Geschäftsmann und jetzt, das habe er im Gespür, käme das große Verdienen. Frieda starrte ihn an, sagte aber noch immer nichts. Das war es also. Er hoffte auf größere Armeeankäufe. Er würde vom Sterben der anderen den Rebbach haben. Sie verlor etwas von der Hochachtung, die sie bis jetzt gehabt hatte. Einen Augenblick hatte sie nicht mehr zugehört. Er sprach eben von länger und mehr arbeiten. Frieda lächelte zynisch. Er bemerkte den Ausdruck in ihrem Gesicht, beugte sich vor und sah sie an. Sie solle nicht so dreinschauen, meinte er, denn es kämen andere Zeiten. Und sie könne sicher sein, daß sie bei ihm Arbeit haben werde, egal wie die Sache ausginge. Frieda versuchte sofort, ihren Gesichtsausdruck zu kontrollieren. Natürlich würde sie länger arbeiten, sie könnte an den Samstagen bis zum Abend bleiben, eventuell auch Arbeit für den Sonntag mit nach Hause nehmen. Da lachte er und klopfte ihr wie einem Geschäftspartner auf die Schulter, sie habe vollkommen verstanden, das schätze er so an ihr.

Am Abend ging Frieda noch spazieren. Sie wollte keinen Menschen sehen, in der Enge der Wohnung wäre sie verrückt geworden. Welche Gefühle die Menschen nun hatten, dachte sie. Hatten sie Angst, oder empfanden sie gar nichts? Und welche Gefühle hatten die Männer, die scharenweise einberufen wurden oder sich freiwillig meldeten. War es bei ihnen Freude, Stolz, Vaterlandsliebe, Pathos, vermischt mit Haß und Rachegelüsten? Der Vater war ja auch begeistert, wenn er nicht solche Brustschmerzen gehabt hätte, würde er sich freiwillig gemeldet haben. Denn

daß man einen derartigen Anschlag nicht akzeptieren könne, daß der Mord gesühnt, vergolten werden müsse, nicht zweifach, sondern vielfach, das war für ihn klar.
Frieda dachte voll Grausen daran, wie es sein müßte, einen Menschen zu töten, ihm ein Bajonett in den Bauch zu rennen. Der Großvater hatte ihr einmal so etwas erzählt. Sie verdrängte diese Gedanken. Nun waren auch alle ihre eigenen Zukunftspläne in Frage gestellt, wahrscheinlich würde sie von zu Hause nicht weggehen können, so sehr sie das auch wollte.
Langsam machte sie sich auf den Rückweg. Noch war es hell und warm und sie ging nur ungern in das stickige Haus zurück. Die Großmutter empfing sie mit Vorwürfen, sie habe abends nicht allein herumzulaufen, was wären das für Sachen, und mit dem Essen habe man auch warten müssen. Die Mutter machte im Zimmer die Betten auf, der Vater saß am offenen Küchenfenster und hustete, die Großmutter schimpfte weiter vor sich hin. Dabei schöpfte sie aus einem Topf dicke, eingemachte Fisolen in einen Suppenteller und stellte ihn vor Frieda hin. Sie schnitt noch eine Scheibe Brot quer über den Laib ab und legte sie dazu.
Hier also hat sich nichts geändert, dachte Frieda, alles war so wie jeden Tag, keiner machte sich besondere Gedanken, sie verrichteten die Handlungen wie gewohnt. Sie wollte kein Gespräch beginnen, deshalb aß sie verbissen in sich hinein. Auf ihre Fragen hätte sie wie immer keine Antwort bekommen, und Frieda starrte die Menschen, die ihre Familie waren, plötzlich voll Abscheu an.
Der Vater ging hinaus auf den Gang zum Klosett, wahrscheinlich rauchte er heimlich noch eine Zigarette, obwohl der Arzt es verboten hatte. Währenddessen konnten sich die

Frauen waschen. Frieda verkroch sich unter der Decke, um das Husten des Vaters nicht mehr zu hören.
Die Versorgung der Bevölkerung mit Lebensmitteln wurde mittlerweile durch Karten geregelt, denn die Lage hatte sich katastrophal verschlechtert. Mit einem „Ausweis über den Verbrauch von Brot und Mehl für die Zeit vom 5. 3. bis einschließlich 18. 3. 1916“ erhielt man für 14 Tage 3920 g Brot oder 2520 g Brot und 1000 g Mehl.
Der alte Grätzer hatte die Abwicklung aller geschäftlichen Dinge in die Fabrik nach Atzgersdorf verlegt. Er wurde auch nicht jünger, und der Weg nach Wien in die Niederlage wurde ihm beschwerlich. Er wollte Frieda bei sich haben.
Für sie war es sehr angenehm, daß sie nur mehr über die Straße zur Arbeit gehen brauchte. Endlich keine Zugsverspätungen mehr, nicht mehr zum Bahnhof rennen, kein stundenlanges Warten in eisiger Kälte im Winter, wenn alle Weichen eingefroren waren. Erst nach längerem fiel ihr auf, daß sie nun nicht mehr soviel Zeit zum Lesen hatte und auch nicht mehr in der Stadt spazierengehen konnte.
Oft blieb Frieda an den Abenden länger im Büro. Zu Hause, in der engen Wohnung, war es manchmal nicht auszuhalten. Der Vater lag seit Wochen schwerkrank auf ihrem Diwan, sein rasselnder Atem war in der ganzen Wohnung zu hören. Möglichst weit entfernt von den anderen, hatte der Arzt gesagt, oder in eine Heilanstalt. Lachhaft, in dieser Enge einen Menschen von den anderen separieren zu wollen. Aber die Mutter wollte ihn nicht wegbringen lassen. Möglicherweise hätte es die Ansteckungsgefahr nicht wesentlich herabgesetzt, denn im Haus waren noch drei andere lungenkrank.

Frieda küßte den Vater schon lange nicht mehr, und sie hielt sich so wenig wie möglich in seiner Nähe auf. Es schmerzte sie, den ehemals kräftigen Mann so hilflos daliegen zu sehen. Und es war schrecklich anzuhören, wenn er seine Hustenanfälle bekam. Noch immer versuchte er, das blutige Taschentuch zu verbergen, als ob nicht alle gewußt hätten, wie schlimm es um ihn stand. Ein Grund mehr, weshalb Frieda manchmal bis spät abends im Büro saß, obwohl sie sich Vorwürfe machte, daß sie sich dem Gang der Dinge so einfach entzog. Andererseits lag die Last der Erhaltung der Familie voll auf ihren Schultern. Wenn sie auch noch krank würde, wäre es schlimm für sie alle gewesen. Der Vater bekam nur eine geringe Unterstützung, Mutter und Großmutter waren älter geworden, und die Gelegenheitsarbeiten wurden wegen des herrschenden Krieges immer seltener. Nach wie vor empfand Frieda es als ungeheures Glück, daß sie diese Anstellung hatte. Sie fühlte sich mehr denn je verpflichtet, mit vollem Einsatz zu arbeiten, alles andere war unwichtig.

Im April verschlechterte sich der Zustand des Vaters immer mehr. Tagelang hatte er nur mit äußerster Anstrengung geatmet, und in seinen Augen stand die verzweifelte Bitte, ihm doch irgendwie zu helfen. Frieda konnte nun nicht anders, sie setzte sich, wenn sie abends nach Hause kam, noch an sein Bett und hielt seine Hand, streichelte sie zärtlich. Es war sicher, daß er nicht mehr lange zu leben hatte. Sie wollte gut zu ihm sein, ihm ihre Zeit schenken, das letzte, das sie ihm jetzt geben konnte. Er hatte sie nie geschlagen, war immer um ihr Wohl besorgt und ein guter Vater gewesen.

Anfang Mai 1916 starb der Vater. Frieda öffnete alle Fenster, und eine milde, herrlich frische Luft strömte herein. Die Frauen setzten sich zum Küchentisch, sie sprachen nicht miteinander. Frieda hörte sich selbst atmen. Es war vollkommen still in der Wohnung, und sie war unendlich traurig.

1918

Im Verlauf des Krieges hatte Österreich-Ungarn 8,5 Millionen Mann ins Feld geschickt, die Mittelmächte zusammen mehr als 30 Millionen, die gegnerische Entente mehr als 40 Millionen Mann. Es kamen fast 10 Millionen ums Leben, davon mehr als eine Million Österreicher. Die Kriegskosten beliefen sich auf insgesamt 956 Milliarden Goldmark, davon für Österreich auf ca. 100 Milliarden.

Die Mutter starb im Jänner. Sie hatte tagelang über heftige Kopfschmerzen geklagt. In der Todesnacht fuhr sie mit einem Aufschrei vom Bett hoch, sie stöhnte gurgelnd und fiel zurück. Die Großmutter fragte leise aus der Küche, was denn los sei, erhielt aber keine Antwort.
Der Arzt muß her, das war der einzige Gedanke, den Frieda hatte, als sie mit zitternden Händen die Kerze anzündete, weil die Stromversorgung schon wieder zusammengebrochen war. Angstvoll schaute sie auf die Mutter, die regungslos neben ihr im Bett lag. Ein Zucken durchlief den Körper und langsam öffnete sich der Mund, das Gesicht bekam dadurch einen erstaunten Ausdruck.
Frieda begann hysterisch zu schluchzen und sprang aus dem Bett. Sie versuchte, die Großmutter mit versagender Stimme zu beschwichtigen, schlüpfte in den Mantel und lief nach nebenan zur Nachbarin. Sie klopfte und schlug an die Tür, bis man ihr endlich öffnete. Der kriegsinvalide Sohn erklärte sich bereit, den Arzt zu holen.
Die Großmutter lag still in ihrem Bett. Daß der Tod nicht

sie zuerst geholt hatte, schien ihr unbegreiflich. Sie war 85 Jahre alt und zu nichts mehr zu gebrauchen. Armes Mädel, dachte sie, und lautlos begann sie zu beten. Die Tränen flossen langsam über die eingefallenen Schläfen in die weißen Haare, sie hatte nicht die Kraft, sie wegzuwischen.
Erst am frühen Morgen kam der Arzt und bestätigte den Tod der Mutter durch einen Gehirnschlag.

Das Begräbnis auf dem Atzgersdorfer Friedhof war billig und armselig. Trotzdem blieb von Friedas Ersparnissen fast nichts mehr übrig. Sie ging allein hinter dem Sarg her. Einige Nachbarn waren kurz in der Aufbahrungshalle gewesen, wegen der Kälte aber wieder nach Hause gegangen. Am Grund des geöffneten Grabes lagen Holzteile vom Sarg des Vaters. Tränenlos sah Frieda zu, wie der Sarg der Mutter hinuntergelassen wurde, sie waren nun wieder beisammen, für sie war aller Schmerz zu Ende.

In der Zeit danach fühlte sie sich sehr schlecht. Es hatten sich Leere und Stille in der Wohnung ausgebreitet. Dazu kam noch diese Kälte, dieses andauernde Frieren bis ins Mark hinein. Und die Großmutter begann wunderlich zu werden. Sie machte Frieda Vorwürfe, daß sie nichts eingekauft und gekocht habe. Es war unmöglich, ihr klar zu machen, daß es nichts mehr zu kaufen gab, und um ein Stück Brot mußte man sich halbe Nächte lang anstellen.

Frieda legte sich manchmal ins Bett und weinte in den Polster, damit die Großmutter es nicht hörte. Sie krallte die Hände hinein, warf den Kopf geräuschlos hin und her und dachte nur ans Sterben. Lieber Gott, ich habe Hunger, schrie sie innerlich, und sie hat auch Hunger, warum läßt du das alles zu? Wenn sie nach einer Zeit leergeweint dalag, rief sie sich zur Ordnung, es mußte irgendwie weitergehen. In der Nacht hatte sie starke Gelenks- und Rückenschmerzen, sie wachte oft auf und konnte sich fast nicht bewegen. Alle verfügbaren Decken lagen auf ihr, um sie wenigstens im Bett einigermaßen warmzuhalten. Die Großmutter mußte aber regelmäßig in der Nacht auf den Kübel, es kostete Frieda all ihre Kraft, um aus dem warmen Bett herauszusteigen und ihr behilflich zu sein. Dann bekam Frieda noch Bronchitis und hustete unentwegt vor sich hin.

Als sie eines Tages in den Spiegel sah, an dem sie wochenlang achtlos vorbeigegangen war, starrte ihr das verhungerte Gesicht einer älteren Frau entgegen. Die Augen lagen in umschatteten Höhlen, die weißgelben Wangen waren hohl, die Nase ein schmaler Bogen. Die Lippen waren zum Strich geworden, die Mundwinkel herabgezogen, hier saßen Trauer und Schmerz. Frieda starrte in den Spiegel, dieses Zerrbild war sie, und seltsamerweise machte es ihr nichts aus. Mit diesem Mund werde ich nicht mehr lachen können, dachte sie. Es war aber auch egal, denn mit dem Erlebten der letzten Jahre, mit diesen Erfahrungen, würde sie nicht mehr lachen wollen.

Im November war endlich der Waffenstillstand ausgehandelt worden. Kaiser Karl erklärte seinen Verzicht auf jeden Anteil an den Staatsgeschäften, und von der Rampe des Parlaments aus erfolgte die Proklamation der Republik Österreich.

1919

Im Februar 1919 wurde aufgrund des neu eingeführten Verhältniswahlrechtes in geheimer, freier, direkter und unmittelbarer Wahl, bei der erstmals auch Frauen aktiv und passiv wahlberechtigt waren, die verfassungsgebende Nationalversammlung gewählt.

Der Krieg war schon seit Monaten zu Ende. Teilnahmslos hatte Frieda es zur Kenntnis genommen. Geändert hatte sich seitdem nichts, da war der Mangel an Brennmaterial, die Kälte, der nagende Hunger, es war ein Kampf ums Überleben von früh bis spät.

Frieda hatte den Kleiderkasten der Eltern ausgeräumt. Nun versuchte sie, die Sachen gegen Lebensmittel zu tauschen. Stundenlang war sie unterwegs, bettelte auch bei den Bauern und war glücklich, wenn sie eine Handvoll Kartoffeln oder ein Stück Brot bekam. Mit ihr wanderte ein Heer von Menschen, meistens Frauen, mißtrauisch beobachtend, oft feindselig, wortkarg und müde wie sie selbst. Unterwegs sammelte sie jeden Zweig, mochte er noch so klein sein, jeden Föhrenzapfen, alles, was brennbar war. Sie war froh, wenn sie ein paar Eicheln gefunden hatte, aus denen man ein kaffeeähnliches Gebräu machen konnte, zumindest hatte es die Farbe von Kaffee und schmeckte bitter. In den Nächten stellte sie sich vor der Bäckerei um Brot an, und nicht nur einmal mußte sie enttäuscht nach Hause gehen, es gab niemals genug für alle. Manche Leute standen schon ab 12 und 1 Uhr in der Nacht vor dem Geschäft und ließen sich im Morgengrauen von ihren hustenden, halbverhungerten Kindern ablösen.

Am Abend saß sie der Großmutter meist stumm gegenüber. Worüber hätten sie auch sprechen sollen? Vom Frieden und vom Hunger, den sie hatten? Vom Geld, das nichts wert war, und daß man nach wie vor nichts kaufen konnte, weil es nichts zu kaufen gab?
Frieda stand auf, rastlos, nervös, ging in der Küche auf und ab. Es gab kein Geschirr, um es abzuwaschen, denn es gab ja auch nichts zu kochen. Das Leben vor dem Krieg war verglichen mit dem jetzigen paradiesisch gewesen, denn sie hatten immer genug zu essen gehabt. Zumindest an Brot hatte es nie gefehlt, dunkles, weiches, duftendes Brot, mit Butter bestrichen oder würzigem Schmalz. Müde wischte sie den Tisch ab, auf dem keine Brösel lagen, es war anstrengend und sinnlos. Die Geschichten, die die Großmutter erzählte, waren immer die gleichen, und Frieda versuchte, sie zu beruhigen und zu überreden, sich wieder hinzulegen.

In der Fabrik gab es noch immer kaum Arbeit, trotzdem ging Frieda wieder regelmäßig hin. Der alte Grätzer hatte unter dem Druck der allgemeinen Wirtschaftslage fast alle Mitarbeiter entlassen, die Produktion stand still. Frieda war heilfroh, daß sie hatte bleiben können. Wenigstens hielt er sein Wort, dachte sie, ihr gegenüber hatte er das immer getan. Sie hatte aber auch die Jahre über geschuftet wie ein Grubenpferd, war nie krank gewesen, immer bereit, Überstunden zu machen, meist unbezahlt, versteht sich. Sie wäre auch jetzt bereit gewesen, mehr zu arbeiten, ganz einfach nur, damit die Zeit verging. Der Alte war nicht mehr dick und wohlgenährt wie früher, seine Wangen waren schlaff und die Anzüge hingen schlotternd an ihm. Ab und zu steckte er Frieda einen Apfel oder eine Birne aus seinem Garten in die Tasche des Arbeitsmantels und meinte, „se sollt' es nehmen und hamgehn".

Als der Winter kam, blieb die Großmutter mehr und mehr im Bett. Der Arzt hatte gesagt, daß ihr Zustand sehr schlecht sei. Sie müsse zu essen bekommen. Er hatte Frieda dabei nicht angesehen, so als wisse er um die Unsinnigkeit seiner Aufforderung, etwas herbeizuschaffen, was es nicht gab.
Am Tag nach diesem Gespräch blieb Frieda neben der Großmutter sitzen, angekleidet und in eine Decke gehüllt. Immer wieder sank sie in einen kurzen Schlaf, und einmal träumte sie mit großer Heftigkeit, vor einem Baum zu stehen, dessen bis zum Boden reichende Zweige voll mit Schinken behangen waren. Direkt vor ihrer Nase baumelten sie, zartrosa Schinken mit einem schmalen, weißen Fettrand und einer hauchdünnen Schwarte, sie brauchte nur die Arme zu heben und – sie erwachte. Gegen ein Uhr nachts stand sie auf, die Glieder waren klamm und der Rükken schmerzte. Sie zog einen Mantel an, nahm noch zusätzlich ein großes, wollenes Schultertuch und ging hinunter zur Bäckerei. Es waren schon Leute angestellt, aber nicht so viele wie an den Tagen vorher, heute hätte sie also eine Chance, Brot zu bekommen. Ihr war schwindlig und sie fror entsetzlich. Sie zog den Mantel enger um sich, sie hatte so viel abgenommen, daß sie sich richtig darin einwickeln konnte. Die Menschen um sie herum hatten eingefallene

Gesichter, aus denen gleichgültige Hungeraugen blickten. Die Schlange der Wartenden vergrößerte sich ständig, von hinten hörte man Wortwechsel, böses Gezischel.
Endlich stieg eine fahle Dämmerung auf und die Nacht war vorbei. Der Bäcker öffnete die Ladentür und die Menschen drängten wie eine Flutwelle nach vor. Frieda wurde mitgerissen und bis knapp vor die Tür geschoben. Aber diesmal bekam sie Brot, am liebsten hätte sie geheult und gleich hineingebissen. Der Magen fühlte sich wie ein Klumpen an, ihr war zum Erbrechen. Sie steckte das Brot unter den Mantel und lief wie eine Diebin den Weg zurück nach Hause.
In der Wohnung angelangt mußte sie sich erst einmal hinsetzen, sie zitterte am ganzen Körper. Dann gab sie der Großmutter ein Stück von dem zerfallenden Brot in die Hand und legte sich neben sie ins Bett, denn so war es wärmer. Mit den Vorderzähnen biß sie auf dem harten Anschnitt herum, es zerbröselte und schmeckte nach gar nichts. Frieda krümmte sich zusammen wie ein kleines Kind, schloß die Augen und lutschte weiter an der Rinde. Sie dachte an Butter und Marmelade, an Rindsbraten und Knödel und an heißen Kaffee mit viel Milch und Zucker. So schlief sie ein.

Die Großmutter wurde immer schwächer. Sie bekam Hustenanfälle, die in tiefen Höhlen liegenden Augen glänzten, sie fieberte und verhielt sich noch ruhiger als zuvor. Sie wollte nur mehr im Bett liegen und nicht mehr essen. Als endlich der Arzt nach dreimaligem Ersuchen vorbeikam – Frieda schuldete ihm noch Geld – meinte er nur kopfschüttelnd, daß sie eine Lungenentzündung habe und das Ster-

ben mit Gottes Gnade hoffentlich schnell gehen werde. Frieda war zunächst empört über die Herzlosigkeit des Arztes, dachte aber dann daran, daß er an der Lage der Dinge auch nichts ändern konnte.
Mitte Dezember starb die Großmutter, nachdem sie tagelang bewußtlos gelegen war, abgemagert und eingeschrumpft, wie ein Kind. Das Begräbnis konnte Frieda nicht bezahlen, sie hatte nicht mehr genug Geld. An den Kauf eines Grabsteines war nicht zu denken.
Weihnachten war in diesem Jahr für Frieda ein Totenfest, es bedeutete stundenlanges Sitzen und Nachdenken, auf den Friedhof gehen, oft zweimal am Tag, sie hatte ja nichts anderes zu tun. Auf dem Friedhof weinte sie, zu Hause auch. Die Zukunft erschien ihr dunkel, freudlos und ungewiß. Jetzt hatte sie erreicht, was sie vor dem Krieg ersehnt hatte, eine Wohnung für sich allein, aber um welchen Preis.

1920/1923

Im Frühjahr 1920 fanden mehrere Menschen bei Hungerdemonstrationen den Tod.
Hildegard Burjan wird als erste Frau Mitglied des Nationalrates.
Elise Richter, eine Sprachforscherin, die 1907 als erste Frau die Lehrberechtigung an der Universität Wien erhalten hatte, wurde 1922 Universitätsprofessorin.

Nur langsam hatte Frieda sich seelisch und körperlich von den Ereignissen der vergangenen Jahre erholt. Sie hatte sich in die Arbeit gestürzt. Es gab wieder Rohmaterial, die ersten Geschäfte wurden abgewickelt, der alte Grätzer konnte daran denken, die Produktion von Leder wieder aufzunehmen. Nun war sie von früh morgens bis spät abends in der Fabrik, fuhr zwischendurch nach Wien in die Niederlage, die Tage waren ausgefüllt, und sie konnte vergessen. Sie lebte auf, genoß es, wieder ins Konzert und in die Oper gehen zu können. Freiheit und Friede waren köstliche Werte, und sie versuchte, damit die Vergangenheit vollkommen zu verdrängen.
An den Sonntagen allerdings war sie allein. Aus Gewohnheit ging sie vormittags in die Kirche. Ihre Einstellung zu Gott hatte sich gewandelt. Gott erschien ihr nicht mehr allmächtig, denn wäre er es gewesen, hätte er als barmherziger Gott nicht gestattet, daß Menschen so miteinander umgingen, wie es im Krieg geschehen war.
Nach der Messe war sie manchmal zu Kaffeekränzchen in der Pfarre eingeladen, die der Kooperator veranstaltete. Es

war eine angenehme Abwechslung zu ihren einsamen Spaziergängen und den Friedhofsbesuchen. Mit der Zeit wurde der Kaffee besser und die Milch fetter, und die Frauen brachten abwechselnd Kuchen und Gugelhupf mit.

„Guten Morgen, die Damen, es freut mich, daß wir heute wieder miteinander Kaffee trinken können!"

„Guten Morgen, Herr Kooperator."

„Na, Fräulein Else, sie haben einen schönen Gugelhupf mitgebracht!"

„Ich hoff nur, daß er auch nach was schmeckt, ich hab nur zwei Eier bekommen können, und Zucker is auch nur ganz wenig drin, aber das is ja ned so wichtig, Hauptsach wir müssn ned das schreckliche Maisbrot essen, was beim Auspackn gleich in Stückln zerfallt!"

„Dank schön, er schaut wunderbar aus! Und Sie, Fräulein Frieda, wie geht's Ihnen denn bei der Arbeit?"

„Na ja, wir kriegn jetzt doch ein bißl Rohmaterial. Der Herr Grätzer is froh darüber und er wird auch wieder Leut einstelln. Und ich bin erst recht froh, wenn's endlich wieder a richtige Arbeit gibt!"

„Sie denken immer nur ans Arbeiten, Fräulein Frieda! Sie sollten auch an sich selbst denken. Jetzt wär's Zeit zum Heiraten!"

„Mein Gott, daran denk ich wirklich nicht, Herr Kooperator!"

„Sollten Sie aber, meine Liebe, sollten Sie! Eine Frau muß an ihre Bestimmung denken und an die Erfüllung ihres Lebens durch die Ehe. Denken Sie einmal darüber nach, liebes Fräulein Frieda!"

Frieda lächelte nur schwach, sie hörte die Großmutter reden. Eines war gewiß, sie war vollkommen allein. Es würde in späteren Jahren, wenn sie noch älter geworden war, nicht einfach für sie sein.

Der Gedanke ließ sie plötzlich nicht mehr los. Sie kannte niemanden, dessen Frau sie hätte werden können. Dann hatte sie eines Tages eine Idee. Sie würde eine Annonce in einer Zeitung aufgeben und versuchen, auf diese Art einen Mann kennenzulernen. Wenn die Kontaktnahme postlagernd und unter einem Kennwort erfolgte, konnte sie anonym bleiben und die Sache schnell wieder beenden, wenn sie ihr nicht paßte. Auch eine persönliche Begegnung konnte sie hinauszögern, so lange sie wollte.
„Buchhalterin, 28 Jahre, anhanglos, sucht ebensolchen Partner zwecks Briefwechsel. Unter ‚Richard Wagner', postlagernd, Atzgersdorf."

In der folgenden Zeit mußte sie immer wieder an die Annonce denken. Sie machte sogar Fehler beim Buchen, und der alte Grätzer mahnte sie und fragte erstaunt, ob sie denn krank sei.
Nachdem sie sich zwei Wochen lang darum gedrückt hatte, aufs Postamt zu gehen, entschloß sie sich am Beginn der dritten Woche, dies endlich doch zu tun. Sie erschrak richtig, als das Postfräulein einen Brief vor sie hinlegte, das mußte ein Irrtum sein, doch dann las sie das von ihr gewählte Kennwort. Es war schon richtig, der Brief gehörte ihr.
Sie hastete nach Hause, lief hinauf in den zweiten Stock. In der Wohnung angelangt, legte sie den Brief auf den Küchentisch, wandte sich zum Herd, um Feuer zu machen, ging aber wieder zurück und setzte sich. Dann starrte sie

auf den Brief. Es hatte also jemand geantwortet, ein Mann, er hatte die Anzeige gelesen und sich gedacht, daß man es einmal versuchen könne. Sicher hatte er mehrere, vielleicht sogar viele Briefe geschrieben, möglicherweise traf er sich eben in diesem Augenblick mit irgendeiner anderen Frau. Frieda war mißtrauisch und nahm sich vor, diesen Menschen ganz kritisch und erbarmungslos zu betrachten und dann ein klares Urteil zu fällen, Gefühlsduselei wollte sie nicht zulassen.

Dann öffnete sie den Brief. Sie war von der Herzlichkeit, die aus ihm sprach, betroffen. Dieser Mensch mußte wie sie viel gelitten haben, er bemitleidete sich jedoch nicht, sondern wollte an eine Zukunft glauben. Er suchte eine Frau, die diese Zukunft mit ihm gestalten und erleben sollte, er dachte an Wanderungen und Theaterbesuche, das machte ihn in Friedas Augen sympathisch. Etwas drängte sie, den Brief augenblicklich zu beantworten.

Sie begann zu schreiben. Zuerst sollte es nur wenig und Allgemeines sein, aber ihre Gedanken liefen in alle möglichen Richtungen, und am Ende hatte sie einige Briefbögen voll beschrieben. Trotzdem zögerte sie nun, ob sie den Brief in dieser Form abschicken sollte, überwand sich aber dann nach zwei Tagen und trug ihn zur Post.

Es entwickelte sich ein intensiver Briefwechsel zwischen den beiden, der den ganzen Winter über bis ins Frühjahr hin dauerte. Um Papier zu sparen und auch, um mehr und schneller schreiben zu können, korrespondierten sie in Gabelsberger Kurzschrift, die sie beide beherrschten. Friedas Briefe waren voll Erinnerungen an die Vergangenheit, an Sonne im Nußbaumgeäst, an die köstlichen Kuchen der

Großmutter und an den Großvater und die Lokomotivfabrik. Erinnerungen auch an den Vater und die Mutter, an den Krieg mit all seinen widerwärtigen Erscheinungen, denen sie ja beide ausgeliefert gewesen waren. Es waren aber auch Briefe voll mit Fragen an die Gegenwart, an die Zukunft, ob sie aus ihrem Leben noch etwas würden machen können, ganz so jung waren sie beide nicht mehr. Sie steigerten sich in eine Euphorie der Erwartungen, auch der Zuneigung, das Schreiben ging so leicht von der Hand. Dann verlangte er, Frieda zu sehen, er drängte immer wieder darauf, wollte sie endlich persönlich kennenlernen.

Frieda hatte Angst davor. Immer wieder musterte sie ihre Gestalt, ihr Gesicht im Spiegel, sie fand sich abgrundtief häßlich. Sie war darüber so aufgebracht, daß sie im nächsten Brief eine Zusammenkunft ablehnte und gleichzeitig den Briefwechsel beenden wollte. Er antwortete ihr, was ihr denn einfiele, jetzt nach all den Monaten, in denen er zur Überzeugung gekommen war, daß sie viele gute Eigenschaften habe und daß sie eine nette, liebenswürdige Frau sei, könne diese Bekanntschaft, die fast schon Freundschaft zu nennen sei, nicht so einfach aufhören. Er habe eine Zuneigung zu ihr gefaßt und es sei sein sehnlichster Wunsch, die Dame Richard Wagner endlich wirklich kennenzulernen. Am kommenden Sonntag um 11 Uhr würde er am Bahnhof in Atzgersdorf auf sie warten, sie könne ihn daran erkennen, daß er den schäbigsten Anzug anhabe, den es gäbe, übrigens sein einziger. Außerdem besitze er noch eine Geige und einen Koffer. Und dann schrieb er noch, daß er sie brauche.

Diese letzte Bemerkung gab den Ausschlag, daß sie sich doch entschloß, ihn zu treffen, denn wenn er sie brauchte,

konnte sie nicht ablehnen. Sie hatte das Gefühl, für ihn eine Verantwortung zu haben, er schien ihr weich und unentschlossen, manchmal sogar ein wenig schwach zu sein, dieses Verhalten rief in ihr Beschützerinstinkte wach.
Nachdem sie sich entschlossen hatte, ihn zu treffen, war sie erst recht nervös. In großer Hast begann sie, ein Sonntagskleid ihrer Mutter aufzutrennen. Es war ein dunkelblaues, fast bodenlanges Seidenkleid, das die Mutter kaum getragen hatte, es war ihr immer zu fein gewesen. Frieda saß bis in die Nacht hinein und nähte. Der Stoff war sehr schön, matt glänzend und weich, sie wählte dazu einen ecrufarbenen, gehäkelten Spitzenkragen, den die Großmutter gemacht hatte. Nachdenklich hielt sie ihn in der Hand. Wenn doch irgendeiner aus der Familie noch gelebt hätte, es wäre für sie eine Freude gewesen, zu sehen, daß Frieda endlich einen Mann kennengelernt hatte und daß sie – hier stockte Frieda in Gedanken entsetzt – womöglich auch noch heiratete. Das war alles Unsinn. Sie wollte sich vorsehen, daß aus dieser Bekanntschaft nichts Ernstes würde. Aber im Grund ihres Herzens war sie sich nicht mehr so sicher.

So hatten sie einander das erste Mal getroffen. Hans fühlte sich von Anfang an geborgen bei ihr. Er hatte nie ein richtiges Zuhause gehabt, war unehelich geboren, seine Mutter hatte laufend ihre Stellungen als Hausmädchen und Putzfrau gewechselt, es war nie Geld im Haus gewesen. Er und sein Stiefvater hatten einander nicht gemocht, deshalb war er früh ausgezogen und hatte sich allein durchgeschlagen.
Bei Frieda lernte er einen zwar einfachen, aber geordneten und sauberen Haushalt kennen, das sparsamst eingeteilte Geld reichte immer bis zum Monatsende, Geschirr und

Wäsche waren stets gewaschen, die Strümpfe gestopft, die Kleidung ausgebürstet. Staunend nahm er zur Kenntnis, daß Frieda sehr viel las und daß sie sich das Geld für Theater- und Opernkarten vom Mund absparte. Das konnte er zwar nicht ganz verstehen, aber es faszinierte ihn anfänglich, sie zu begleiten, sicher geführt von ihrem Wissen und ihrem Gefühl. Sie kannte Sänger und Schauspieler mit Namen und kaufte Textbücher der Stücke, um sie genau mitverfolgen zu können. Sie schleppte ihn unermüdlich in Museen und Ausstellungen, und sie verblüffte ihn immer wieder durch ihr Wissen. Sie beobachtete intensiv und hatte einen ausgeprägten Sinn für Schönes und für Farben. Er ließ sich einhüllen von ihrer Begeisterung, bildete sich aber kaum eine eigene Meinung. Frieda merkte das nicht. Es war kein tiefes, leidenschaftliches Drängen, das sie zusammenführte, sondern eher ein Aufatmen, eine zurückhaltende Zustimmung, verbunden mit einem kleinen Glücksgefühl, endlich jemanden bei sich zu haben, der Sackgasse Einsamkeit entronnen zu sein. Monate vergingen, ein neues Jahr begann, und ohne noch viel darüber zu reden, war aus ihrem Beisammensein ein festes Verhältnis geworden.
Frieda wußte, daß sie in der nächsten Zeit eine Entscheidung würden treffen müssen, die ihr Leben vollkommen änderte. Noch hatte sie die Möglichkeit, sich gegen eine endgültige Verbindung mit Hans auszusprechen. Sie hatte geplant, einen Hauptbuchhalterkurs zu besuchen, um in einigen Jahren in der Firma stellenmäßig vorrücken zu können, der alte Grätzer hatte ihr das versprochen. Wenn sie nun heiratete, würde es schwieriger werden, ihre eigenen Interessen durchzusetzen.

Eines Abends holte sie Hans vom Bahnhof ab. Sie gingen zu einem kleinen Heurigen, es war warm und schön. Auf dem Nachhauseweg blickten sie lange in den schwarzblauen Nachthimmel, in dem die Sterne flimmerten, er hielt ihre Hand und sagte ihr, daß er ohne sie nicht mehr leben könne.
Frieda schwieg eine Weile. Sie könnte ohne ihn schon leben, dachte sie, das war keine Schwierigkeit. Aber plötzlich wollte sie es nicht mehr, diese spürbare Wärme der Nacht und die Romantik, die in Hans' Worten lag, verdrehten ihr den Kopf, vielleicht liebte sie ihn in diesem Augenblick auch, weil sie glaubte, seine Gefühle erwidern zu müssen. Ihre Unentschlossenheit war weg, sie nahm seine Hand und miteinander gingen sie nach Hause.

Sie erlebten diesen Sommer voll Glück, und Hans nannte sie Friedl, der Name „Frieda" war ihm zu altmodisch. Sie waren beide froh, der Entschluß, miteinander zu leben, tat ihnen nicht leid. Sie wollten all die grausamen und häßlichen Erlebnisse der vergangenen Jahre aus ihrer Erinnerung löschen. Die Hoffnung, daß sie gemeinsam mehr aus ihrem Leben machen könnten, schmiedete sie zusammen. Sie machten viele Wanderungen und Ausflüge, besichtigten Burgen und Schlösser der Umgebung, Friedl freute sich manchmal fast kindisch über diese Unternehmungen.
Hans schenkte Friedl zum 30. Geburtstag ein kleines, in grünes Leder gebundenes Fotoalbum mit einem Blumensträußchen darauf, in dem er ein Foto von sich eingesteckt hatte. Einige Tage später ging sie auch zum Fotografen und steckte dann ihr Foto auf der gegenüberliegenden Seite ein. Und dann sprachen sie von der Hochzeit.

Vom alten Grätzer bekam Friedl zum Geburtstag einen Strauß Gladiolen, weiß und rosa, aus dem Garten hinter der Fabrik. Er küßte ihr die Hand und sie war etwas verlegen. Er ging mit ihr über den Hof und dabei versicherte er ihr, wie froh er sei, daß er sie habe. Seine Worte stimmten sie fröhlich. Es war ein angenehmes Gefühl, wenn man gemocht und gebraucht wurde. Sie blickte ihm ins Gesicht und dachte, daß sie ihm wohl oder übel würde sagen müssen, daß sie heiraten wollte. Sie kannte ihn lange genug und sie wußte, daß er keine verheirateten Frauen beschäftigte, schwangere schon gar nicht, das war ihm ein Greuel. Eine plötzliche Angst befiel sie, und sie fühlte, wie ihr der Schweiß aus allen Poren brach. Der Alte kannte sie ebenso gut, denn er blieb abwartend stehen und schaute sie an. Sie sagte ihm ganz leise, daß sie möglicherweise heiraten werde. Sein Schauen wurde zum Starren, er bekam einen roten Kopf.

„Wos soll des sein, heiraten willst, wos soll den der Bledsinn?“

„Es ist halt ganz plötzlich so kommen, i hab jemanden kennenglernt.“

„Wos orbeitet denn der Mensch überhaupt, oder orbeitet er nix?“

„Oja, er ist in St. Marx in der Fleischfabrik als Buchhalter angstellt.“

„Jo, do was i ned, wie mir des mochn werdn. Und jetzt noch all de Jahre, wo du mir hast so schen gearbeitet, des hätt i mir nie denkt.“

„Aber, Herr Grätzer, ich kann ja auf jedn Fall weiterarbeiten, ich will ja gar nicht daheimbleiben. Und ich hab ja auch versprochen, den Kurs zu machn.“

„Na, na, des kannst dir sparn, Madl, gsund bist a ned, hustest dauernd, das is nix, i sog dir, wann du heiratest Glachl, dann kannst bleibn daham!“
Alles Glücksempfinden und alle Freude waren mit einem Schlag zerstört. Friedls Herz machte ein paar harte Schläge. Sie hatte keine Möglichkeit, weiter mit ihm zu verhandeln, denn er hatte sich umgedreht und war gegangen. Seine Entscheidungen waren unumstößlich. Insgeheim hatte sie gehofft, ja sie war sich fast sicher gewesen, er würde bei ihr eine Ausnahme machen, aber sie hatte sich geirrt. Daß er überhaupt nicht mit sich reden ließ, machte sie sprachlos und unglücklich.
Sie war sehr deprimiert, denn nun sah die Sache ganz anders aus. Vom Doppelverdienst war keine Rede mehr, sie würden sparen müssen. Den Traum von einem kleinen Haus mit Garten würden sie nicht so schnell verwirklichen können.
Als Hans nach Hause kam, fragte er besorgt, ob sie krank sei. Friedl hüstelte und lächelte, die Sorge um ihre Person tat wohl. Als sie ihm alles erzählt hatte, nahm er sie überschwenglich in die Arme. Er würde für sie sorgen, das versprach er. Er sei sich der Verantwortung bewußt, die er hiermit übernommen habe. Sie hatte das Gefühl, als sei er innerlich gewachsen, er wirkte so väterlich. Sie schob diesen Eindruck jedoch beiseite, und ihre Gedanken kehrten zurück zu der Arbeit, die sie verlieren würde.
An diesem Abend konnte sie lange nicht einschlafen. Immer wieder durchdachte sie ihre Situation. Sie mußte eine Heimarbeit finden, denn es würde ohne ihren Verdienst schwierig für sie sein, sich Dinge zu leisten, die nicht zum alltäglichen Leben gehörten. Friedl hustete in dieser Nacht

mehr als in den vergangenen Monaten. Ab und zu horchte sie auf Hans' regelmäßige Atemzüge. Für ihn war die Welt auch im Schlaf in Ordnung.

Ende September 1922 beendete Friedl ihre Arbeit in der Lederfabrik.

Sie heirateten im Juni 1923 in Maria Taferl, weit weg von Verwandten und Bekannten. Hans war alles recht. Friedl wollte weg von neugierigen und hämischen Blicken, Bemerkungen und Fragen von Menschen, die sie vielleicht heimlich beneideten und schadenfroh waren, weil der alte Grätzer sie hinauskomplimentiert hatte. Böse Zungen behaupteten, sie, die Bucklige, habe vielleicht ein Verhältnis mit dem alten Lederjuden gehabt, und er habe sie nur aus Eifersucht gekündigt. Irgendwie erfuhr Friedl davon, und sie war entsetzt über die Bosheit der Leute. Möglicherweise war sie immer zu freundlich und zu entgegenkommend gewesen, aber das würde sich nun ändern. Sie hatte keine Lust mehr zu wohlgefälligem Verhalten, wenn man solche Lügen über sie verbreitete. Und sie würde einmal ausprobieren, wie es wäre, am alten Grätzer vorbeizugehen und ihn nicht zu grüßen, nachdem er sie als Mitarbeiterin nicht mehr benötigte. Als sie bemerkte, daß kühles Benehmen und ein barscher Ton keinen Widerspruch bei den Leuten aufkommen ließen, begann sie es zu genießen. Das Gefühl von Überlegenheit erfüllte sie, sie empfand es stärker als früher in der Fabrik, wo sie Bediensteten und Kutschern Arbeit angeschafft hatte. Aber damals war sie sich dessen nicht bewußt gewesen, und sie bedauerte es noch mehr, jetzt nicht mehr arbeiten zu können.

1925/1927

Das monatliche Gehalt eines Lehrers betrug

1908	***70 Kronen***
1919	***800 Kronen***
1922	***160.000 Kronen***
1926	***3,100.000 Kronen (310 Schilling).***

Friedl war unzufrieden. Sie stand zeitig am Morgen auf, um Hans das Frühstück zu machen. Wenn er zur Bahn gegangen war, räumte sie die Küche auf. Dann machte sie die Betten, legte die Tagesdecke und die Spitzen auf und ging anschließend einkaufen. Mittags aß sie meist nur wenig. Sie wusch das Geschirr ab, putzte die Küche fertig, dann setzte sie sich mit einem Häferl Kaffee zum Tisch. Sie stopfte Strümpfe, besserte Wäsche aus, manchmal starrte sie gedankenverloren aus dem Küchenfenster. Am späten Nachmittag begann sie zu kochen. Wenn Hans abends nach Hause gekommen war, aßen sie gemeinsam. Nach dem Essen legte er sich seufzend auf den Diwan, erzählte ihr von seiner Arbeit oder er las die Zeitung. Friedl wusch in der Zwischenzeit nochmals das Geschirr ab. Dann setzte sie sich mit einer Handarbeit neben ihn. Und so ging es Tag für Tag, Woche für Woche dahin.

Dieses Einerlei wurde nur von den Waschtagen unterbrochen. Eine Woche dauert es, bis die Wäsche wieder im Schrank ist, hatte die Mutter gesagt. Mittlerweile hatte Friedl genug eigene Erfahrung gesammelt. Es begann mit dem Hinuntertragen der Wäsche in den Keller und dem

Einweichen am Abend vor dem eigentlichen Waschtag. Ganz zeitig am nächsten Morgen machte sie Feuer im Waschküchenherd, um die Wäsche auszukochen. Jedes Wäschestück wurde gebürstet, auf der Rumpel bearbeitet und mehrmals geschwemmt und gestärkt. Im Sommer hängte Friedl die Wäsche im Hof auf, im Winter trug sie die Körbe auf den Dachboden. Dann mußte sie darauf achten, daß niemand die Wäsche stahl oder wieder schmutzig machte. Die Kinder aus dem dritten Stock spielten leidenschaftlich gerne Verstecken hinter den Leintüchern. Einen Tag verbrachte sie mit dem Bügeln der Wäsche, ein Bügeleisen auf dem Feuer, eines auf dem Tisch, drei Schritte zum Herd, die Bügeleisen tauschen, drei Schritte zurück zum Tisch. Monogramm des Taschentuches links oben, zweimal nach oben, zweimal nach links zusammenlegen. Schlingerl des Geschirrtuches links oben, zweimal nach oben, zweimal nach links zusammenlegen. Beim Hemd zuerst den Kragen und die Manschetten bügeln, dann den Rücken, dann die Vorderseiten, nochmals den Kragen und die Vorderseiten. Wenn diese Prozedur nicht mindestens zehn Minuten dauerte, war das Hemd nicht gut gebügelt.

Über mangelnde Arbeit konnte sich Friedl nicht beklagen, aber diese Arbeit betraf ausschließlich ihre Hände, nicht ihren Kopf. Sie wurde zunehmend reizbarer und nervös, und sie begann wieder mehr zu husten. Sie hatte einen Arzt gefunden, dem sie vertraute und zu dem sie gerne ging. Er war Jude, und der alte Grätzer ließ ihn auch kommen, wenn er oder in seiner Familie jemand krank war, und der Alte kannte sich mit Menschen aus.
Der Arzt hatte sich besorgt über ihre mittlerweile chroni-

sche Bronchitis gezeigt, und nach einigen Monaten erfolgloser Behandlung riet er Friedl dringend zu einem Kuraufenthalt in Alland. Das war ein Ereignis, das sie sehr stark beschäftigte. Einerseits fürchtete sie, dort erst richtig mit Tuberkulose angesteckt zu werden, denn der Arzt hatte ihr versichert, sie sei nur gefährdet und noch nicht richtig krank. Andererseits empfand Friedl ein Gefühl der Genugtuung, daß sie schwer krank sein könnte. Sie stellte es sich angenehm vor, von Schwestern und Ärzten richtig betreut zu werden. Zu essen bekäme sie sicher eine Menge, das hatte sie schon von anderen gehört. Und Hans mußte sich eben allein behelfen und ins Gasthaus essen gehen. Begeistert war er nicht, als sie es ihm sagte, aber was ließ sich schon dagegen einwenden. Einige Zeit später brachte er sie zur Heilstätte und fuhr bedrückt wieder nach Hause.

Die ersten Tage in der neuen Umgebung vergingen schnell. Aber es war nicht so, wie sie es sich vorgestellt hatte. Die großen Säle waren vollgestellt mit Betten, eines stand dicht neben dem anderen, und sie mußte sich in einen Ablauf der Dinge fügen, ob sie wollte oder nicht. Und sie hatte noch viel mehr Zeit, nachzudenken.

Ihr Leben hatte sich durch die Ehe verändert. Die Beziehung, die anfangs so einfach gewesen war, hatte sich als kompliziert und vielschichtig erwiesen. Es gab einen Zwiespalt zwischen ihnen, der in ihrer geistigen und seelischen Andersartigkeit begründet war und der sich auch im körperlichen Umgang miteinander zeigte. Aber sie fühlte sich nicht in der Lage, diese Unterschiede ununterbrochen durch Stillhalten und Beschwichtigen auszugleichen. Sie wußte, daß sie ihren Teil dazu beitrug, daß es nicht so war, wie es sein sollte. Ihr Geist und ihr Körper begehrten gleichermaßen auf, weil sie anders behandelt sein wollte, aber Friedl war außerstande, ihre Wünsche und Vorstellungen verständlich zu machen.

Hingegen glaubte sie, seine Fehler und Unzulänglichkeiten genau erkannt zu haben, und in dem Maße, in dem sie sich von ihm nicht verstanden fühlte, schlug sie zurück mit Kritik und Vorwürfen. Sie wußte, daß er gut aussah, und beim Spazierengehen grüßte er ihnen bekannte Frauen mit besonderer Liebenswürdigkeit. Friedl ärgerte sich darüber, denn sie selbst hatte zu den meisten von ihnen keinen besonders guten Kontakt. Außerdem war er in der letzten Zeit oft später nach Hause gekommen, und sie beließ es nicht bei argwöhnischen Blicken, sondern machte ihm Vorwürfe, die er lächelnd zu zerstreuen suchte; ihre Eifersucht amüsierte ihn.

Sie wäre so gerne öfter in die Oper oder ins Theater gegangen, aber er war immer müde, auch an den Sonntagen, da schlief er nach dem Mittagessen auf dem Diwan in der Küche. Dann hatten sie Auseinandersetzungen, die keine Änderung ihres Verhaltens herbeiführten. Und immer öfter blieb die Versöhnung aus, die nächtliche, bei der man die tagsüber geschehenen Dinge so elegant unter den Teppich hätte kehren können. Er war zu müde oder sie wollte nicht, weil sie Kopfschmerzen hatte. Friedl bot ihm eine breite Skala von Gefühlen, von Zuneigung, Fürsorge über Eifersucht bis hin zu Wut und Enttäuschung, er aber war schläfrig, satt und desinteressiert, auch ratlos über ihre Ausbrüche, mit denen er nicht umzugehen wußte. Was wollte sie denn, sie hatten doch alles, was man an Notwendigem so brauchte. Friedl unterstellte ihm, daß er sich sagte, diese

Frau nähme ihm keiner weg, er müßte sich also auch nicht bemühen.
Aber da waren noch andere Punkte. Wie hätte sie dem Mann auch begreiflich machen sollen, wie sie war? Wie hätte sie ihm den Ehrgeiz, den Wissensdurst erklären können, den Willen, sich durch beharrliche Arbeit und Fleiß hinaufzuarbeiten, hinauszuarbeiten aus dem ihr vorgezeichneten Leben der ärmlichen Arbeiterin, wie ihm erklären, welche Lust es bedeutete, weiterzukommen, Geld zu verdienen, sich Dinge kaufen zu können, die sich andere nicht leisten konnten, und dadurch Macht und Ansehen zu gewinnen? Wissen und Macht standen in engem Zusammenhang, und sie war um die Möglichkeit gebracht worden, ihr Wissen anzuwenden und zu erweitern, sie besaß auch keine Macht mehr. Sie hatte begonnen, ihn zu beneiden, weil er morgens ins Büro fahren konnte, weil er Menschen um sich hatte, arbeiten konnte. Die langweiligste Tätigkeit in einem Büro erschien ihr attraktiver als das Zuhausesitzen, die Eintönigkeit der Hausarbeit, das dumme Geschwätz der anderen Frauen, das sich ausschließlich um die Kinder und deren Probleme, um die Hausarbeit und die Tratschereien in der Nachbarschaft drehte. Sie konnte und wollte sich an diesen Gesprächen nicht beteiligen, ging mit verbissenem Gesicht vorbei an den Frauen, die konnten sie ja doch nicht leiden, sie war ihnen zu eingebildet. Die Narrische geht in die Oper, tuschelten sie hinter ihrem Rücken, klopften sich an die Stirn. Und Kind hat sie auch keines, sie war keine richtige Frau, sie war eine Bürodame, die weiße, gestärkte Blusen anstatt einer Schürze trug.
All das wollte Hans nicht wissen, sie solle nur gleich aufhören mit dem Jammern. Nach der Schinderei mit Zah-

lenkolonnen und Kontobüchern brauchte er am Abend seine Ruhe, da wollte er keinen Haustratsch hören, und der Diwan in der Küche bot sich verlockend zum Liegen an.
Der Widerspruch zwischen ihnen, der lautlose Kampf war da, von Anfang an. Bevor noch das Schicksal weiter an ihnen herumschnitzte, hatten sie schon keine Gemeinsamkeit mehr und hingen doch unabänderlich aneinander fest. Was vielleicht noch hätte werden können, wenn jeder von ihnen einem anderen begegnet wäre, war zu erforschen nicht mehr notwendig. Sie würden selbstverständlich zusammenbleiben, ohne Rücksicht darauf, was war, was kommen würde.

Nach vier Wochen konnte Friedl wieder nach Hause fahren. Sie fühlte sich doch etwas gestärkt und erholt. Sie stürzte sich in die Hausarbeit, es gab eine Menge zu tun. Wer richtig arbeitet, hat keine Lust, an Blödheiten zu denken, hatte die Großmutter gesagt. Wie richtig das war.

Eines Tages traf Friedl beim Einkaufen die Frau des Schulwarts, mit der sie schon länger ganz gut bekannt war. Sie erzählte ihr, daß ihre Dobermann-Hündin eben vier Junge bekommen habe. Friedl hätte schon als Kind gerne einen Hund gehabt. Neugierig ging sie mit der Schulwartin nach Hause, um die Jungen anzuschauen. Es war ein angenehmes Gefühl, so einen Winzling zu halten, sie waren so weich und warm und hatten dicke Bäuche. Es brauchte keine Überredungskunst der Schulwartin, und Friedl hatte sich entschlossen, einen der Hunde zu nehmen.
Beim Nachhausegehen wurde sie unsicher, ob ihre Ent-

scheidung gut gewesen war. Aber dann erinnerte sie sich voll Zärtlichkeit an die entzückenden Tiere. Was Hans wohl dazu sagen würde? Eigentlich konnte es ihm egal sein, er war ja doch nur an den Sonntagen zu Hause, alles, was den Hund betraf, würde von ihr gemacht werden müssen. Sie freute sich auf die langen Spaziergänge, die sie nun in Begleitung machen würde, und zwar mit jemandem, der ihr widerspruchslos folgte.

Als sie Hans am Abend von ihrer Absicht erzählte, war er ziemlich erstaunt. Er begriff allerdings sofort, daß dies eine Chance sein könnte, sie untertags mehr zu beschäftigen, sodaß seine Abwesenheit nicht so unangenehm auffiel.

„Ja, das ist eine sehr gute Idee, daß wir darauf ned schon früher kommen sind!"

„Wir habn ja auch noch niemals darüber geredet. Ich freu mich schon richtig aufs Spazierengehn, weil mit dir kann man ja nix anfangen am Sonntag."

„Na ja, du weißt ja eh, daß ich so viel Arbeit hab unter der Wochn, da reizt mich das Spazierngehn am Sonntag überhaupt ned. Aber weißt, was mir uns vielleicht doch wieder einmal überlegn sollten, des wär, ein Haus zum Mieten, mit Garten natürlich."

„Daß du überhaupt noch dran denkst, des wundert mich. Ich bin schon immer dafür gwesen, ich würd gern in an Gartn arbeitn, ich tät gern Margariten pflanzen und an Rittersporn, und an Phlox in alle Farbn."

„Na, dann paß auf, mir werdn uns ab jetzt umschaun und herumfragn, es muß ja ned von heut auf morgn sein. Aber ich glaub, daß es sich mit mein Geld ausgehn tät, es muß ja ned a Riesenhüttn sein. Nur der Gartn soll ned zu klein sein, weil ich möcht lieber Paradeiser anbaun und Fisoln, und ein

paar Obstbäum müssn auch da sein, sonst ist das nämlich kein richtiger Gartn."
„Na, von mir aus, ich glaub, da können mir uns ganz schnell einig sein, ich fang mich jetzt schon zum freun an."
„Komm, mach uns an Kaffee, und setz dich her zu mir, das müssn mir noch genau beredn."

Die Anwesenheit des Hundes brachte anfänglich einige Unruhe in Friedls Leben. Er verlangte nach Aufmerksamkeit und Zuwendung, und sie stürzte sich mit Begeisterung auf die Erziehung des Tieres. Stundenlang trieb sie sich nun in den Wäldern umher, was sie immer schon geliebt hatte, der Hund umsprang sie hechelnd und jagte nach jedem Zapfen, den sie ihm warf. Am Abend wartete sie nicht mehr allein auf Hans, der Hund lag vor ihr, den Kopf auf einen ihrer Füße gelegt, und sie erzählte ihm flüsternd irgendwelche Geschichten. Ihm konnte sie sagen, was sie wollte, er sah sie immer vertrauensvoll an. Sie schlief wieder besser, ihre Wangen zeigten Farbe, und ihre Augen strahlten. Fast empfand Hans Eifersucht, wenn er sie abends so sitzen sah, sie hatte ihn tagsüber offensichtlich nicht vermißt. Der Hund wollte ihm auch nicht so folgen wie ihr, manchmal knurrte er ihn leise an und kräuselte die Oberlippe. Friedl lachte dann beruhigend und glücklich, tätschelte ihn sanft, das war ja ihr Hund, ihr guter Hund, der brave.

Die folgende Zeit war schön. Zwischen Friedl und Hans war etwas weniger Spannung, sie fanden einen Weg, sich das Leben erträglich zu gestalten. Friedl hatte sich vorgenommen, nicht mehr darüber nachzudenken, was das Leben ihr in den vergangenen 36 Jahren gebracht hatte, und

was nicht, ob es sinnvoll sei zu leben, oder nicht. Sie wollte nur mehr an die Gegenwart und an die Zukunft denken, sie hatte den Hund, den sie liebte. Sie hatte eine kleine Buchhaltung als Heimarbeit, von dem verdienten Geld würde sie sich wieder ein Abonnement für die Oper leisten können. Sie nahm sich vor, nicht mehr über Treue und Untreue von Hans nachzudenken, er wurde älter und bequemer.
Dann war da noch der Traum von Haus und Garten, über den sie weiter sprachen, und sie redeten sich ein, daß sie sich durch gemeinsame Arbeit und Zusammenhalten diesen Wunsch würden erfüllen können.

1931

1931 hatte Österreich über 300.000 unterstützte Arbeitslose, dazu kamen noch fast 100.000 „ausgesteuerte" Arbeitslose.

Inflation, Arbeitslosigkeit, Sparen, sogenannte „günstige Gelegenheiten", waren die Gesprächsthemen dieser Tage. Der strenge Winter hielt das Leben vieler Menschen auf Sparflamme. Die allgemeine Hoffnungslosigkeit, die man in den letzten Jahren gebannt zu haben glaubte, kam wieder auf. Friedl war froh, daß sie und Hans bis jetzt in keiner Weise beeinträchtigt waren. Seine Stellung in der Firma war gut, und sie brauchten sich keine Sorgen über ihre unmittelbare Zukunft machen. Nur Friedls gesundheitlicher Zustand war nicht der beste.

Seit vielen Tagen fühlte sie sich ausgesprochen elend, sie konnte morgens kaum aufstehen und ihr war andauernd kalt. Ob es an der Strenge dieses Winters lag oder daran, daß sie älter wurde und die Kälte schlimmer empfand als früher, konnte sie nicht sagen. Sie hatte das Gefühl, leicht zu fiebern, und schaudernd dachte sie an Tuberkulose, das Schreckgespenst ihrer Kindheit, und an den sterbenden Vater.

Dann blieb die Menstruation einige Tage aus. Friedl hatte im Laufe der Jahre gelernt, nicht sofort in Panik zu geraten, wenn diese Situation eintrat. Eigentlich hatte sie nie ein Kind gewollt, die leise Sehnsucht danach war nur einige Male am Beginn ihrer Ehe aufgekommen. Der Arzt hatte ihr auch abgeraten, ihr Körper und ihr Herz wären zu schwach, um ein Kind auszutragen, und sie mußte mit einer

Verschlechterung der Wirbelsäulenverkrümmung rechnen. Als Friedl nach einigen Tagen ein strenges Ziehen in den Brüsten spürte, wußte sie instinktiv, daß sie schwanger war, aber sie schob diesen Gedanken weit weg. Verzweifelnd dachte sie weiter an Tuberkulose, dann an den beginnenden Wechsel, der vielleicht solche Symptome mit sich brachte, sie wußte es ja nicht genau.

Endlich ging sie doch zum Arzt. Er untersuchte sie und bestätigte ihr, daß sie schwanger sei. Mit ernster Miene fragte er sie, ob sie denn auch wisse, was das für sie bedeuten könnte. Friedl konnte nicht umhin, ihm bissig zu antworten, daß es trotz aller Vorsicht eben passiert sei und sie es ja nicht gewollt herbeigeführt habe. Der Arzt meinte darauf, es nähme alles seinen Lauf, wie die Natur es einrichte, so müsse man es annehmen, vielleicht sei es auch ein großes Glück für sie. Schweigend zog Friedl sich an. Möglicherweise hatte er recht. Die Übelkeit saß ihr so sehr im Magen, daß sie nicht mehr weiterreden konnte.

Auf dem Heimweg ging sie beim Friedhof vorbei. Auf den Gräbern und Steinen saßen dicke Schneehauben, gefrorene Tannenzweige ragten daraus hervor. Lange stand sie vor dem Grab, und sie dachte sehnsüchtig an die tote Mutter, die ihr nun hätte helfen können, wäre sie noch am Leben gewesen. Sie fühlte sich plötzlich so wie damals, als sie nach dem Tod der Großmutter das erste Mal vollkommen allein in der Wohnung gewesen war und selbst nur mehr sterben wollte.

Man müsse es annehmen, hatte der Arzt gesagt. Er hatte wohl das Kind gemeint, aber es war auch ihr Schicksal, das sie annehmen mußte. Vielleicht konnte sie ihrem Leben einen neuen, anderen Sinn geben, wenn sie versuchte, dem

Kind einen Weg ins Leben zu bereiten. Sie war aber nach wie vor verunsichert und nicht glücklich über ihre Lage. Als Hans nach Hause kam, saß sie beim Küchentisch und nähte.

„Geht's dir heut ein bißl besser wie gestern?"

„Nein, mir geht's ein bißl schlechter wie gestern, weil – ich bin schwanger."

„Was hast gsagt?"

„Ja, ja, du hast schon richtig ghört, ich bin schwanger! Ich war heut beim Grünzweig, der hat mir's bestätigt. Und er hat mir natürlich auch gleich sagn müssn, daß das ned gut für mich ist."

„Na, ich – ich bin vollkommen durcheinander – ich frag mich nur, wie das kommen is."

„Du stellst vielleicht Fragn, mir habn halt einmal doch ned richtig aufpaßt. Aber wer denkt denn dran, daß ich in mein Alter noch ein Kind kriegn könnt!"

„Mein Gott, ich muß erst richtig drüber nachdenkn. – Aber ich glaub fast – ich glaub, ich freu mich. Je mehr ich nachdenk, desto mehr freu ich mich. Friedl, komm her, laß dich haltn, vielleicht wird's a Bub, dann könnt ich mit ihm Eisenbahn spieln."

„Du mußt es ja auch ned kriegn, des Kind, du kannst dich ja leicht freun. Aber ich, ich weiß überhaupt ned, wie ich das durchstehn soll. Wenn wenigstens noch die Mutter lebn tät, dann hätt ich ein bißl Hilf, aber so …"

„Ich bin ja auch noch da, Friedl, mir werdn des schon schaffn. Und jetzt leg ich einmal ordntlich Holz nach, damit ihr zwei mir ned erfrierts!"

Monate waren vergangen, es war August. Wenn doch bloß

schon alles vorbei wäre, dachte Friedl immer wieder, denn die Schwangerschaft machte ihr sehr zu schaffen und eine drückende, schwüle Hitze verschlimmerte die Beschwerden. Seit Tagen brannte die Sonne erbarmungslos herab, und Friedl ging so wenig wie möglich aus der Wohnung. Zur Hausmeisterin mußte sie allerdings trotz des gefürchteten Stiegensteigens mehrmals gehen.

„Frau Pollak, warn Sie heut Vormittag aufm Dachboden?“
„Warum hätt i denn dort hingehen solln?“
„Frau Pollak, ich hab Ihnen doch gsagt, daß es im ganzen Haus wie in einer Selchkammer stinkt, es brandelt richtig, und ich hab Sie freundlich ersucht, Sie solln aufn Dachbodn gehn und bei den Kamintürln nachschaun, was da los ist!“
„Was gehts mich an, was da obn is! Wann Sie wissn wolln, was los is, dann gehn’S selber schaun!“
„Sie habn mir ja den Schlüssel ned gebn können, weil jemand Wäsch aufghängt hat, und außerdem bin ich in meinem Zustand nicht in der Lage, in die Hitz dort hinaufzugehn. Und dann sind ja Sie Hausmeisterin, und ned ich!“
„Sie hättn alleweil was, was Ihnen ned paßt, Sie san a ganz a angrührte und heikliche Person, daß Sie’s wissn! Sie bildn Ihnen immer irgendwelche Sachn ein. Im Sommer stinkt es eben, wann die Leut ihr Essn kochn, und am Dachbodn stinkt’s genauso!“
„Und Sie sind ned nur faul, sondern noch dazu frech, aber ich will mich jetzt ned aufregn, wann mein Mann kommt redn wir weiter!“

Am nächsten Tag trampelten die Feuerwehrmänner über

die Stiegen, zerrten Wasserschläuche hinter sich her und brüllten durcheinander.
Friedl stand fassungslos vor dem Haus und starrte hinauf zu den Dachbodenfenstern, aus denen schwarze Rauchwolken quollen. Sie hatte also recht behalten. Durch die große Hitze hatten sich die Holzbalken nahe den Kaminen entzündet und schon seit Tagen vor sich hingeglost. Aufkommender Wind hatte dann das Feuer entfacht. Was jetzt da oben auf dem Dachboden mitverbrannte, waren ihre Erinnerungen, es waren Tagebücher und Briefe, Theaterzettel und Konzertprogramme, getrocknete Blumen und Bücher, ein Strohkorb und ein alter Kasten voll mit Dingen, auch von den Großeltern und Eltern, und es war ihr unvorstellbar, dies alles nicht mehr zu besitzen.
Irgendwann wandte sie sich wie versteinert ab, setzte sich in einen bereitgestellten Sessel. Sie schien nicht zu hören, als man ihr nach Stunden sagte, daß ihre Wohnung nicht ausgebrannt, sondern nur vom Löschwasser überschwemmt sei.

Als Hans gegen Abend aus dem Zug stieg und die Rauchwolken sah, die noch immer aufstiegen, begann er aufs äußerste beunruhigt zu rennen. Als er um die letzte Ecke bog, sah er Friedl schon von weitem auf dem Sessel sitzen, die Hände schützend vor den Bauch gelegt, das graue Gesicht zu Boden gewandt. Er kniete neben ihr nieder, Tränen traten ihm in die Augen und er hörte sie hauchen, jetzt sei alles zu Ende, bevor es begonnen habe, sei es aus.

Das Haus wurde gepölzt und einstweilen als unbewohnbar erklärt. Da noch Schulferien waren, quartierte man

die obdachlos gewordenen Bewohner in der Volksschule ein. Den Hund konnte Friedl bei der Schulwartin unterbringen.
Am Wochenende gingen sie beide mit dem Schulwartspaar, das sich als Hilfe angeboten hatte, in die Wohnung. Der betrunkene Hausmeister stand in der Hauseinfahrt und lallte etwas von Einsturzgefahr und daß es verboten sei, das Haus zu betreten. Sie kümmerten sich aber nicht darum, gingen an ihm vorbei und hinauf und begannen zusammenzupakken. Überall standen Wasserlachen, alles war schmutzig, Wäsche und Kleider waren feucht und rochen bereits muffig. Es mußte alles gewaschen werden, eine Nachbarin bot sich auch noch an, zu helfen. Hans schleppte einen Korb nach dem anderen hinunter, während die Frauen in der Waschküche arbeiteten.
Die lackierten Küchenmöbel waren fast unbeschädigt, die Furnier der Schlafzimmermöbel hatte etwas gelitten. Die Matratzen in den Betten waren durchnäßt, sie mußten aufgearbeitet werden. Hans brachte sie mit einem Leiterwagen zum Tapezierer. Die Möbel ließ er vom Pferdefuhrwerker abholen, sie wurden beim Schulwart im Holzschuppen untergestellt. Als diese Arbeiten getan waren und Friedl das letzte Mal vom Haus wegging, drehte sie sich nicht mehr um. Hier hatte sie einen großen Teil ihres Lebens verbracht, und es waren auch schöne Zeiten gewesen, nicht nur schlechte. Die Dinge, die sie an diese schönen Zeiten hätten erinnern können, waren auf dem Dachboden verbrannt, und der Wind verwehte die Asche durch die offenen, schwarzgebrannten Fenster.

Die Gemeinde bemühte sich, schnell Ersatzquartiere aufzutreiben. Als Friedl mit Hans die ihnen zugeteilte Kellerwohnung betrat, die aus einem dunklen Zimmer mit einem gemauerten Herd bestand, bekam sie einen Weinkrampf. Hier also endeten ihre Träume, sie war dorthin zurückgekehrt, wo sie hergekommen war, ins Elendsquartier ihrer Kindheit. Nichts von dem, was sie für sich und das Kind gewünscht hatte, konnte unter diesen Voraussetzungen verwirklicht werden. Die kühlen, feuchten Mauern schienen näherzurücken, und sie sah sich auf dem Schoß der Mutter sitzen, klein und verwachsen, das Zimmer der Kindheit hassend, in dem einer dem anderen ständig im Weg gewesen war. Und hier sollte ihr Kind auf die Welt kommen, hier sollte es spielen und seine ersten Schritte machen. Friedl heulte und weinte und konnte nicht aufhören, Hans war ratlos. Aber es blieb keine andere Wahl, sie hatte sich zu fügen, wie schon so oft in ihrem Leben, schluchzend und böse begann sie aufzuräumen.

Die Sommertage wurden kühler und von regnerischen Herbsttagen abgelöst. Astern blühten in den Gärten, die Obstbäume wurden abgeerntet. Friedl sah es im Vorübergehen.

In Gedanken summte sie die c-Moll-Sonate von Schubert. Was hätte sie darum gegeben, selbst Klavier spielen zu können. Vielleicht lernte das Kind es einmal. Sie sah ein kleines Mädchen an einem Flügel sitzen, es war ganz in weiße Spitze gekleidet mit einer Masche im stoppellockigen Haar. So wie damals die junge Frau Klavier gespielt hatte, im ersten Konzert ihres Lebens, vor einer Ewigkeit von Jahren, sie wußte nicht mehr genau, wann es gewesen war. Sie selbst hatte nie so hübsch ausgesehen. Lieber Gott,

laß es ein gesundes Kind werden, betete sie vor sich hin. Ich werde auch alles ertragen, wenn es nur gesund ist.
Der Herbstwind trieb das braune Laub raschelnd vor sich her. Friedl lenkte ihre Schritte zum Friedhof wie so oft in der letzten Zeit und grüßte geistesabwesend eine Bekannte. Beim Gärtner kaufte sie einen Strauß blauvioletter Astern, diese Blumen hatte ihre Mutter so geliebt. Ihre Hand strich über den Kopf und die Arme des steinernen Engels auf dem Grabstein, im Frühjahr würde sie wieder das Moos wegkratzen müssen, das sich darauf festgesetzt hatte. Ihre Mutter hätte sich bestimmt über das Kind gefreut. Langsam machte sie sich auf den Heimweg. Der Gedanke an die feuchte, kalte Wohnung jagte ihr Schauer über den Rücken.

Der Arzt hatte Friedl dringend geraten, zur Entbindung nach Wien in ein Spital zu gehen, er wollte die Verantwortung für eine Hausgeburt nicht übernehmen. Also sparte sie jetzt schon, denn der Spitalsaufenthalt würde eine Menge Geld kosten, möglicherweise mußten sie Schulden machen, dieser Gedanke war ihr sehr unangenehm. Sie war doch von Kind an dazu angehalten worden, nur unter widrigsten Umständen Schulden zu machen, und auch ihr kaufmännisch geschulter Sinn sträubte sich dagegen.
Keinesfalls aufgeschoben werden durfte auch die Suche nach einer anderen Wohnung. Durch die bevorstehende Geburt des Kindes hatten Haus und Garten noch eine zusätzliche Bedeutung erhalten. Das Kind hätte sowohl im Sommer als auch im Winter einen angemessenen und eigenen gesunden Wohn- und Spielraum zur Verfügung, und im Garten könnte man Gemüse pflanzen und Obst ernten. Friedl hatte sich gründlich über die Pflege eines Kleinkin-

des und über die Verhütung von Krankheiten, vor allem der Rachitis, informiert. Ihr Kind sollte nicht wie sie ein Leben lang unter den Folgen dieser Krankheit zu leiden haben, darauf würde sie achten.

Friedl fuhr Ende September in die Klinik, wo man sie nach einer Untersuchung für Mitte Oktober wiederbestellte. Der Arzt war verschlossen und gab keinerlei Erklärungen. Unzufrieden fuhr sie wieder nach Hause.

Nach diesen zwei Wochen hatte sich an ihrem Zustand nicht viel geändert. Als sie diesmal im Spital untersucht wurde, sagte ihr die Hebamme, daß sie gleich bleiben solle, die Wehen müßten bald einsetzen.

In der Nacht begannen die Wehen, zögernd, mit langen Intervallen, sie befolgte den Rat der Hebamme und ging auf dem öden Gang auf und ab. Das Frühstück und der Kaffee waren nicht so schlecht wie sie erwartet hatte, und sie genoß es trotz der Schmerzen, serviert zu bekommen. Die Wehen ließen wieder nach, und gegen Abend ging sie mit der Gewißheit zu Bett, daß es nicht so schnell vorbei sein würde.
Am nächsten Morgen waren die Schmerzen wieder heftiger, vormittags wollte sie nicht mehr auf und ab gehen, sie war müde und das Herz schmerzte. Sie bekam Medikamente, von denen sie nicht wußte, was sie bewirken sollten, und zu fragen getraute sie sich nicht. Der Tag zog sich lang und trostlos dahin, draußen heulte der Wind ums Haus, und es regnete.
Als Hans sie am Abend besuchte, war sie nervös, aufge-

bracht, den Tränen nahe. Sie sprachen nicht viel miteinander, Hans war vollkommen hilflos, er schwitzte und war froh, als er von der Schwester nach Hause geschickt wurde. Nach einer weiteren, sich endlos dehnenden Nacht voll Schmerzen wurde am Vormittag das Kind geboren. Es war ein Bub.

Hans, der am Abend wieder zu Besuch kam, durfte ihn kurz sehen. Er schilderte Friedl ganz genau, wie das Kind aussah, da sie fieberte und zu schwach war, um aufzustehen und zum Kinderzimmer zu gehen.

Als eine Schwester das Kind nach zwei Tagen zum ersten Mal brachte, hatte Friedl Herzklopfen. Sie nahm es zitternd in die Arme, es lag schwer und steif im Wickelpolster. Das Gesicht war rot und die Augen geschwollen, sie öffneten sich manchmal blinzelnd, die Arme bewegten sich ruckartig hin und her. Zuerst hielt sie es ganz still und betrachtete nur das Gesicht. Dann fuhr sie zärtlich mit dem Zeigefinger über die weiche dicke Wange und faßte nach den winzigen Fingern. Jetzt hatte sie eine neue Aufgabe, neue, fremde Anforderungen waren an sie gestellt, und sie nahm sich vor, sie gewissenhaft zu erfüllen.

1932/1933

Der nationalsozialistische Gedanke begann in Österreich Fuß zu fassen. Eine Annäherung an Hitler-Deutschland wurde von den Großparteien abgelehnt, aber der Anschluß schien für viele Menschen ein Rettungsanker zu sein. Die Arbeitslosigkeit stieg rasch an, es gab zeitweise über 400.000 Arbeitslose, die Notlage vieler Menschen verstärkte sich weiter, die Auseinandersetzungen zwischen den Parteien eskalierten.
Bei einem Ende September 1932 in Wien stattfindenden Gauparteitag gab es Zusammenstöße zwischen nationalsozialistischen, sozialistischen und kommunistischen Arbeitern mit vielen Verletzten.
Unter Berufung auf die immer wiederkehrenden Gewalttätigkeiten führte die Bundesregierung im November 1933 die Todesstrafe wieder ein.

Hans und Friedl hatten im Frühjahr 1932 ein Haus mit Garten in Mauer „Auf den Spiegeln" bezogen. Endlich hatten sie wieder mehr Platz und geordnete Verhältnisse. Ihre finanzielle Lage war zwar durch die Krankenhauskosten und die Ausgaben für ein Mädchen, das Friedl bei der Hausarbeit behilflich war, nicht rosig, aber wenn sie weiterhin sehr sparsam waren, kämen sie sicher über die Runden.

Friedl war schwach, sie hatte Herz- und Kreislaufbeschwerden, immer wiederkehrende Schweißausbrüche und leichte asthmatische Anfälle. Sie war sehr froh, daß das Mädchen jeden Tag kam und ihr viel Arbeit abnahm. So konnte sie sich ganz der Pflege des Kindes widmen, was sie sehr in Anspruch nahm. Jedes Wäschestück, Fläschchen und Gläser wurden ausgekocht und sterilisiert, die Windeln sorgfältigst heiß gebügelt, jede Mahlzeit frisch zubereitet. Auf diese Art war sie von früh morgens bis spät abends beschäftigt. Dazwischen wollte das Kind auch noch unterhalten werden, es schlief untertags wenig, war aufgeweckt und sehr neugierig.

Der Sommer kam mit seinen quellenden Farben, mit unzähligen Blüten, Früchten und betäubenden Düften, und das Kind lag in seinem Wagen unter dem Apfelbaum. Im späten Sommer saß es dann schon auf Friedls Schoß und lachte dem Vater entgegen, der sich nun beeilte, nach Hause zu kommen. Er fühlte sich geborgen, wenn er sie mit dem Kind sah. Er arbeitete im Garten, pflanzte und jätete, Obst und Gemüse gediehen auch wunderbar, und er freute sich, wenn er ernten konnte. Manchmal schäkerte er mit der Haushilfe, aber nur scherzhaft und hinter dem Haus, wenn Friedl es nicht sehen konnte.

An den Wochenenden bastelte Hans gerne an seinem Radio, stundenlang saß er und probierte herum, es krachte und rauschte, bis er endlich eine gute Einstellung gefunden hatte und Musik zu hören war. Friedl gefiel das auch, die Arbeit ging ihr dabei leicht von der Hand, sie summte die Melodien mit und träumte sich in einen Zuschauerraum.

Am Tag von Friedls 40. Geburtstag stand Hans ganz zeitig auf und bereitete den Frühstückstisch. Als sie in die Küche kam, goß Hans eben das heiße Wasser in die Karlsbader

Kanne, dann nahm er sie in die Arme. Sie lehnte sich kurz an ihn, doch dann begann das Kind zu schreien, und sie ging ins Zimmer, um es zu holen. Anschließend kochte sie die gewässerte Milch auf, die Bedürfnisse des Kindes gingen allemal vor. Hans war leicht verstimmt, doch er ließ es sich nicht anmerken.

Auch der nächste Winter war schön, sie gingen viel spazieren, zogen das Kind auf einer Rodel hinter sich her. Sie freuten sich mit ihm über die fallenden Schneeflocken, über Vögel, die sie mit Nüssen ganz nahe heranlockten, und über Rapunzel, die schwarze Katze vom Nachbarn, die auch in ihren Garten kam.

Weihnachten stand vor der Tür. Sie würden das erste Mal richtig Weihnachten feiern, denn nun war das Kind da, das schon gehen konnte und mit großen Augen zuhörte, wenn Friedl ihm vom Christkind erzählte.

„Jetzt wird gleich der Papa kommen, geh her da, jetzt werdn die Handi gewaschn, und dann kriegst was zum Essen. – Komm, gib der Mama ein Bussi. – Du bist ja so ein braves Kind, wart nur, morgen is Sonntag, da geht der Papa mit dir wieder Eisenbahn schaun. – Wie macht der Zug? - Rumbum, rumbum, das gfallt dir, gell ja. – Und morgn am Abend kommt das Christkindl, das wird meinem braven Kind was Schönes bringen."
„Grüß euch, wie geht's denn mein Buam? Komm her zum Papa, laß dich haltn, bist schön brav gwesen?"
„Er ist eigentlich eh recht brav, er will halt alles angreifn und anschaun. Beim Kochen mach ich was mit, da kann ich

ihn kaum vom Ofen weghalten. Aber am Vormittag war's schön, da habn wir miteinander noch Vanillekipferln gmacht. Seine Kipferln sind richtige Brocken gewordn, da - schau's dir an. Ein bißerl grau sind's auch, weil er den Teig so viel hin- und hergewuzelt hat."
„Das macht gar nichts, die Brocken schmecken dem Papa sicher am allerbesten. Ich hab übrigens noch ein Gansl günstig kriegt in der Firma, auf das freu ich mich schon."
„Das is ja ein Riesending, na, da habn wir über die Feiertag genug zum Essen. Hoffentlich krieg ich morgen noch ein Blaukraut."
„Ich freu mich schon richtig auf Weihnachten."
„Ja, ich freu mich auch."

Der Christbaum war eine Augenweide. Kaskaden von silbrigem Lametta hingen von der Spitze knapp unter der Zimmerdecke bis zum Boden herab, phantasievolle Glasvögel wippten auf den Zweigspitzen, und bunte Glashäuser, Schneemänner, Mond und Sterne schimmerten matt im Licht der weißen Kerzen. In gefranstes Papier gewickelte Fondantstücke und in Silberpapier gewickelte Schokolade hingen dazwischen.

Der Tisch zum Abendessen war schon vorbereitet. Hans hatte die Kerzen angezündet und sich mit einer kleinen Glocke hinter die Tür gestellt und geläutet. Friedl hatte den Buben ins Zimmer getragen und stand nun mit ihm vor dem Baum. Das Kind schaute starr, ernst, mit offenem Mund, um dann ein entzücktes Lächeln auf seine Lippen zu zaubern, er streckte das Händchen und dann den Zeigefinger aus und sagte fast atemlos: „Da...!". Mit einem Schrei der

Begeisterung stürzte es sich auf einen grauen Plüschhund mit braunglänzenden Glasaugen und einem roten Lederhalsband, der Hund war ab nun sein ein und alles. Friedl begann fast zu weinen, sie dachte an ihren Hund, der hatte zu Weihnachten immer eine Knackwurst bekommen. Hans drückte ihren Arm. Dann holte er aus dem Kasten seine alte Geige hervor, sie sangen Weihnachtslieder und er spielte dazu. Das Kind fand das Singen recht lustig, vor allem das schrille Geräusch, das der Vater erzeugte, und es lachte und kreischte. Friedl fand das Geigenspiel weniger lustig, jeder falsche Ton schmerzte sie, sie versuchte, nicht hinzuhören und ging in die Küche, um das Abendessen zu richten. Hauptsache, das Kind hatte Spaß und ein schönes Weihnachtsfest.

So versuchten sie, ihr Leben neu zu gestalten, sie lebten durch das Kind. Sie verdrängten Unstimmigkeiten, vor dem Kind wollten sie nicht streiten. Es war der Mittelpunkt, stets beachtet, hochgehoben, gelobt und geliebt.

Hans hatte einen kleinen Fotoapparat gekauft. Er fotographierte das Kind im Garten, im Kinderwagen, vor den Blumen, vor dem Gartentor, mit seinem Spielzeug. Er entwikkelte die Bilder selbst. Friedl kaufte ein neues Album, auf der Rückseite der Fotos vermerkte sie mit klarer Schrift das Alter des Kindes, dann klebte sie die Bilder ein. Es würde später eine Erinnerung an eine schöne Kindheit sein. An duftende Kuchen, eingelegte Kirschen und Erdbeermarmelade. An Prager Schinken in Dosen und frische Teewürstchen, die der Vater aus der Fleischfabrik mitbrachte. Eine Erinnerung auch an rote Ribiseln mit Zucker, die aus einem gerippten grünen Glasschüsselchen auf den Stufen vor dem Haus sitzend gegessen wurden, und an eine lächelnde Mutter, einen strahlenden Vater, an ein bißchen Glück und Geborgenheit.

1934/1936

Bundeskanzler Engelbert Dollfuß wurde am 25. Juli 1934 im Bundeskanzleramt im Verlauf eines nationalsozialistischen Putschversuches von Otto Planetta erschossen.
Im Jänner 1935 betrug die Zahl der unterstützten Arbeitslosen 326.000.
Hitler erklärte im Mai 1935: „Deutschland hat weder die Absicht noch den Willen, sich in innerösterreichische Angelegenheiten einzumischen, Österreich etwa zu annektieren oder anzuschließen.“

Hans war gekündigt worden. Er war hinausgestoßen worden aus einer warmen, heimeligen Befindlichkeit und stand vor einem Abgrund. Langsam ging er die Landstraßer Hauptstraße in Richtung Hauptzollamt hinunter. Was half es zu wissen, daß viele tausende Menschen vom gleichen Schicksal betroffen waren. Für ihn war nur eines von Bedeutung – wie sollte er es Friedl sagen? Wie sollte er ihr gegenübertreten?
Mehr als alles andere fürchtete er ihre Vorwürfe. Und das Schlimmste war, daß er das Gefühl hatte, sie habe recht. Es war schrecklich unangenehm. In der letzten Zeit hatten sie ständig unerfreuliche Auseinandersetzungen. Sie hatte sich sehr verändert, sie ging ihm auf die Nerven, war unzufrieden und ließ es ihn merken, sie klagte über die Haus- und Gartenarbeit und daß er ihr zu wenig half. Sie war eifersüchtig und befragte ihn ständig, wohin er nach der Arbeit ginge, warum er so spät nach Hause käme und sonntags ar-

beiten müsse. Das Kind war ihr zu lebhaft, sie schrie herum. Seit einigen Wochen hatte sie ein offenes Bein, sie konnte schlecht gehen und klagte wegen der Schmerzen. Daneben hätte er sich noch weiterbilden sollen. Als ob er neben all seiner Arbeit, die er leisten mußte, an Weiterbildung hätte denken können und wollen. Natürlich, wenn er jetzt darüber nachdachte, wäre es nicht schlecht gewesen, den Kurs damals zu besuchen. Die ausgebildeten Buchhalter waren nicht entlassen worden. Aber hätte er den Kurs besucht, wäre ihm für sich selbst überhaupt kein bißchen Zeit mehr geblieben. Wehmütig dachte er an die Abende zurück, wenn er mit Kollegen noch ein kleines Bier getrunken oder das Fräulein Helli aus der Kanzlei nach Hause begleitet hatte. Sie wohnte mit ihrer Mutter ganz in der Nähe der Fabrik in St. Marx in einem Schrebergartenhaus. Sie war so ganz anders als Friedl. Sie hatte glänzendes Haar und ein hübsches Gesicht, ihre Augen sprühten vor Lebensfreude. Und ihr Körper war schlank und biegsam – sein Mund wurde trocken vor Verlangen nach dieser Frau.
Als Hans dann endlich spät abends in die Straßenbahn stieg, um doch nach Hause zu fahren, hatte er das Gefühl, daß ihm von allen Seiten Unrecht geschah. Das vom Schaffner laut gerufene „Endstation“ riß ihn aus seinen Gedanken. Langsam ging er die Straße hinauf, je näher er dem Haus kam, desto zögernder wurden seine Schritte.
Friedl war schon seit längerem im Haus auf und ab gegangen. Es mußte etwas geschehen sein, weil er nicht pünktlich nach Hause kam. Sie haßte sich manchmal wegen der Angewohnheit, sofort an etwas Unangenehmes zu denken. Sie ging vors Haus und stand hier eine Zeit. Dann sah sie ihn kommen. Beim Gartentor blieb er stehen. Fast schien es

ihn eine Überwindung zu kosten, es zu öffnen. Endlich schwang er das Tor auf, da sah er sie. So standen sie einander einen Augenblick gegenüber, und er wäre gerne auf sie zugelaufen und hätte sie umarmt, den Kopf an ihre Schulter gelehnt. Etwas in ihrem Blick hinderte ihn jedoch, es zu tun. Sie ging ins Haus, er folgte ihr. Sie knallte die Tür zu. Den Nachbarn brauchte man kein Schauspiel einer Auseinandersetzung zu geben. Drinnen wandte sie sich um und begann, ihn unbeherrscht anzuschreien. Es war, als wäre etwas in ihr geplatzt. Sie war so voll von Enttäuschung, Angst und Wut, daß sie sich nicht fassen konnte.
„Jetzt kommst erst daher?"
„Ja, na und, ich komm wie alle Tage."
„Nein, heut kommst viel später, und wie du dreinschaust, brauchst mir gar nichts sagn, bist kündigt wordn?"
„Muß des sein, daß du so schreist, die Fenster sind offn, damit's ja gleich alle wissen."
„Es ist eh wurscht, spätestens am Ersten wissens alle, wann ich beim Greißler nimmer zahln kann. Bub, geh in dein Zimmer und mach die Tür zu!"
„Brauchst ihn gar net wegschickn, weil ich streit heut ned mit dir. Ich bin so und so ganz fertig."
„Was brauchst du fertig sein, morgen gehst gleich in der Früh und schaust, daß du was anderes findst."
„Ich brauch gar nicht gehn, ich find eh nichts."
„Ja glaubst du, du kannst daheim herumknotzen und mich narrisch machn? Schau gfälligst, daß du auf der Stell a neue Arbeit findst."
„Wann man dir zuhört, glaubt man, die wartn auf mich."
„Hättest damals den Kurs gmacht! Wann ich an deiner Stell gwesen wär, ich hätt ihn gmacht! Aber du bist immer müd.

Am Diwan liegn, Zeitung lesn und Radio bastln, das is des einzige, was dich interessiert. In meiner Familie hat's das nie gegebn, da habn alle gearbeitet!"
„Na Hauptsach, du fangst wieder mit deine Gschichten an, das brauch ich, alleweil deine Vorhaltungen, deine Predigtn! Dein Jud hat dich auch kündigt und du hast nichts machn können, und damals warn die Zeitn anders als heut!"
„Wahrscheinlich hat er ned wolln, daß ich dich heirat. Er hat ja gsagt, wenn du heiratest Glachl, dann brauch ich dich nimmer."
„Das hab ich schon tausend Mal ghört!"
„Nachdem sich aber nichts ändert an dein Verhaltn, muß ich dir das noch tausend Mal erzähln. Aber es is ja eh wurscht. Sag du mir lieber, wie des weitergehn soll. Wie solln mir den Zins zahln, wie soll ich einkaufen gehn, weil *ich* muß ja Zins zahln und einkaufn gehn, *ich* muß mich hinstelln zur Milchfrau und sagn, schreibn Sie's auf, Frau Berger, und *ich* muß zum Hausherrn gehn und ihm irgendwas erzähln, ich weiß ned, was!"
„Daß das eine Sorg von dir is, was die Leut sagn! Mir sind die Leut ganz egal!"
„Aber mir sind's ned egal, weil ich hab nie Schulden gemacht, in meinem ganzn Leben ned, und jetzt geht das so dahin. Und ned nur, daß ich mich dauernd über solche Sachn aufregen muß, ist schon wieder kein Holz in der Küch. Wie, meinst du, soll ich ein Essen kochn, wann du eh weißt, wie ich beinander bin. Einmal könntest ja am Sonntag so viel Holz hackn, daß ich die ganze Woche auskomm."
„Ich will heut nichts zum Essen, mir ist der Appetit vergangen."

„Na, und daß andere Leut auch noch auf der Welt sind, das merkst du nimmer! – So ein Wahnsinn, ich könnt heuln, ich merk schon, heut werd ich wieder ned schlafn können. Aber ich hätt das ja wissen müssn, damals, ich bin selber schuld. Hast dich eh nur für mich interessiert, weil ich a Wohnung und a Arbeit ghabt hab, ich persönlich, ich war dir ja egal!"
„Was du dir immer zsammdenkst, das kann einem ganz schön auf die Nerven gehn."
„Ich denk mir nichts zsamm. Wie war denn das, noch im vergangenen Herbst bist alleweil in Schrebergarten zu der Helli gangen. Wie oft hab ich denn gewartet auf dich, allein, mit dem klanen Kind, die Wäsch hab ich selber zur Nemec tragen müssen, das Holz hab ich selber hackn und tragn müssen, weil du angeblich so viel Arbeit ghabt hast, bis in die Nacht und sogar am Sonntag!"
„Das hast dir zsammträumt, das ist alles ein Blödsinn, ich hab gearbeitet wie ein Trottel, damit ich das Geld heimbring, und weil ich vielleicht einmal bei der Helli im Garten war, es war eh ihr Mutter immer daheim ..."
„Ach, war sie *immer* daheim, und da sagst du *einmal*, du lügst doch wie druckt. Ich weiß eh, wie die Mutter dreingschaut hat, wie ich auf einmal vor ihrem Garten gstanden bin und gsagt hab, ich bin deine Frau und das ist dein Kind. Und da habn sich die Sonntagüberstunden ja sehr schnell aufghört!"
„Jetzt bist aber ruhig, ich laß mich von dir ned wie ein Schulbua behandeln. Mir reichts jetzt, ich geh Holz hackn, weil mit dir zsammleben ist die reinste Höll!"

Friedl hatte in der Küche sinnlos herumhantiert, nur um irgend etwas zu tun. Die Tränen standen ihr in den Augen, sie atmete schwer. Mit ihr brüllte er herum, aber mit seinen Kolleginnen hat er ein gutes Verhältnis gehabt, wie oft eigentlich ein zu gutes? Wenigstens war damit jetzt Schluß. Sie kämpfte die Tränen gewaltsam nieder, dann lachte sie hysterisch auf. Mit anderen Frauen verstand er sich immer, aber mit seinen Vorgesetzten hatte er Meinungsverschiedenheiten. Sie putzte sich die Nase. Sicher hatte er politisiert und dumme Bemerkungen gemacht. Wenn der Anschluß käme, würde alles anders zum Beispiel, oder, daß der Hitler aufräumte mit dem Gesindel. Ihm gefiel ja der neue, starke Wind, der aus Deutschland herwehte, wie er es nannte.

Jetzt erst erinnerte sie sich an den Buben, der im mittlerweile dunkel gewordenen Zimmer saß. Sie steckte ihn ins Bett, ohne ihn auch nur anzusehen. Sie bemerkte nicht den tränenverhangenen Blick des Kindes, mit einem gequälten Gute Nacht-Gruß ließ sie ihn wieder allein.

Unaufhörlich kreisten ihre Gedanken. All die Jahre hatte der Mann von ihrer Substanz gezehrt, sie ausgehöhlt. Sie hatte sich nie dagegen gewehrt, weil ihr anerzogen war, den Mund zu halten und sich unterzuordnen. Sie hörte in Gedanken die Großmutter fragen, was sie denn sonst machen wolle, als heiraten. Nun, sie wußte mittlerweile genau, was sie lieber gemacht hätte.

Todmüde ging sie schließlich zu Bett. Aus dem Garten strich durch das offene Fenster eine zarte, laue Luft. Sie hörte die harten Schläge der Axt aus dem Keller, die sich mit ihrem unregelmäßigen Herzschlag mischten, und sie konnte nicht schlafen.

Überschwenglich blühten im Vorgarten der Phlox in weiß und lila und die Zinnien in verschiedenen Rottönen, kleine und große Köpfe, bunt gemischt. Vor dem Hauseingang war ein rundes Beet angelegt mit riesenblütigen Margeriten, strahlendweiß mit dunkelgelben Sternen, dicht an dicht. Dieses Beet war Friedls besonderer Stolz. Die Bartnelken daneben standen wie Zinnsoldaten, sie verströmten süßen Duft. An den Seiten des Hauses befanden sich die Beete mit Monatserdbeeren, Salat, Petersilie und Schnittlauch, entlang des Gartenzaunes wuchsen die aufgebundenen Paradeiser, rote und schwarze Ribisel und goldgelbe Stachelbeeren. Hinter dem Haus waren Beete mit roten Rüben, Kohl und Karotten, Kohlrüben und Karfiol, dahinter die Wiese mit den Obstbäumen. Dazwischen summten und krabbelten Fliegen, Bienen, Hummeln und Schmetterlinge, Vögel zwitscherten in den Bäumen und Sträuchern. Dies war der Sommergarten, das scheinbare Paradies des Kindes.

Scheinbar deshalb, denn es waren exakte Verbote ausgesprochen worden: keine Beeren und Blumen pflücken, nicht in die Beete treten und auch nicht nachsehen, ob die Karotten schon groß geworden seien, nicht in der Wiese herumrennen und das Gras niedertreten, nicht auf die Bäume klettern, schon gar nicht auf den Zaun, nicht in den Beeten und Baumscheiben graben oder zwischen den Sträuchern, nicht beim Gartentor spielen und überhaupt nicht – niemals – den Garten verlassen, hinaustreten aus diesem Paradies in die Wirklichkeit.

Zugestanden wurde dem Kind ein Fleck Erde zum Graben hinter dem Haus, und es bekam dafür seine eigenen, kleinen Gartenwerkzeuge. Aber was bedeutete das für einen

Vierjährigen, der von Neugier und Unternehmungslust getrieben, alles für sich haben will?
Die Hitze brütete über dem Land und Gewitterstimmung lag in der Luft. Dem Kind war langweilig. Wenn der Vater weg war, beschäftigte sich niemand mit ihm. Die Mutter vertrug die Hitze nicht, sie blieb den ganzen Tag im Haus. Schon einige Male war es jetzt auf dem geschotterten Weg ums Haus gelaufen, aber es bot sich nichts zum Spielen an. Rapunzel, die Katze vom Nachbarn, ließ sich auch nicht blicken. Der Kleine rupfte Gras aus und warf es spielerisch auf den Weg. Die Halme bedeckten das Grau der Steine nicht, deshalb beschloß er, auch Blumen zu streuen. Da standen die Margeriten, die seine Mutter so gerne mochte, die Blüten direkt vor seinen Augen. Sicher freute sie sich, wenn der Weg mit ihren Lieblingsblumen geschmückt war. Und er begann, die Blütenköpfe abzureißen und sie auf den Weg zu legen. Zuerst einen, dann zwei, es war ein herrliches Spiel, die Blüten flogen durch die Luft und lagen dann so schön da, weiß und gelb. Seine Händchen faßten nach den Blumen, soweit sie in das Beet reichten und rupften, sie färbten sich goldgelb vom Blütenstaub.
Es war das Lachen und Kreischen des Kindes, das Friedl aus der Ruhe aufstörte, sonst spielte es doch immer still vor sich hin. Sie ging zum Fenster und blickte hinaus. Sie sah die Blüten fallen, mehr als die Hälfte waren schon abgerissen, die kopflosen Stengel standen starr im Beet. Ihre Margeriten – sie wurde so böse. Sie lief hinaus. Die Hitze draußen legte sich wie ein Panzer um sie. Sie trat von hinten auf das Kind zu und packte es in blinder Wut. Sie schlug es und schlug es immer weiter, es konnte ihr nicht entkommen. Es schrie vor Entsetzen, da es sich doch keiner Schuld bewußt

war. Es ließ sich fallen, strampelte mit Armen und Beinen, Friedl packte es und schleppte es ins Haus. Sie stieß es ins Schlafzimmer und schloß die Tür ab. Es schrie noch weiter, gepeinigt von Angst und Entsetzen, trommelte an die Tür, gab irgendwann auf, enttäuscht und aufgebracht. Dann verkroch es sich in einer Ecke hinter dem Kasten.
Als Hans am Abend kam, ging Friedl ihm zum Gartentor entgegen. Sie sah ihm an, daß er keine Arbeit gefunden hatte. Mit der Schilderung des Vorfalles am Nachmittag gab sie ihm jedoch Gelegenheit, einen Teil seiner Wut und Enttäuschung loszuwerden. Er holte das Kind aus dem Zimmer und schlug es noch einmal. Diesmal weinte es nicht mehr so sehr. Es war sprachlos und konnte nicht verstehen, was vor sich ging. Später, als es wortlos zu Bett gebracht worden war, wiegte es sich mit rollenden Bewegungen in einen schweren Schlaf.
Friedl fühlte sich nicht erleichtert. Sie überdachte ihre Handlung mit Bitterkeit, konnte keine Entschuldigung für ihr Verhalten dem Kind gegenüber finden. Trotzdem schlug sie bei der nächsten Gelegenheit wieder zu, es schien, als sei ein Bann gebrochen. Manchmal schmerzte sie die Hand vom Schlagen, und das Schreien des Kindes und seine Abwehr ließen sie vollkommen aus der Fassung geraten.
Zwar wünschte sie sich nach wie vor die uneingeschränkte Zärtlichkeit und Zuneigung des Buben, aber es hatte sich etwas zwischen sie geschoben, das nicht mehr beseitigt werden konnte, das fühlte sie auch. Der Bub begann auszuweichen, Dinge zu verheimlichen, sich zu verstecken, er probte das Lügen und wurde geschickt darin. Gleichzeitig erpreßte er durch ungewolltes Erbrechen der Mahlzeiten ihre Zuwendung. Friedl war damit die Möglichkeit gege-

ben, der Angst und Sorge um sein körperliches Wohlbefinden Ausdruck zu verleihen. Sie konnte ihn waschen, ausziehen, Fieber messen, ihm die Hand auf die Stirn legen und den Puls fühlen. Schließlich konnte sie ihn ins Bett tragen, und sie war fast dankbar, wenn es ihm so schlecht ging, daß er dabei den Kopf an ihrer Schulter vergrub. Tagelang kochte sie dann besonders sorgfältig, passierte Kartoffeln und Karotten im Haarsieb, hackte den Schinken, den sie für ihn kaufte, noch feiner.

Friedl hatte mit Hans fortwährend Auseinandersetzungen. Es verging kaum ein Tag, an dem nicht einer von ihnen wegen einer Kleinigkeit begann, dem anderen Vorwürfe zu machen, und sofort verbissen sie sich in das lächerlichste Thema. Der Bub wurde meist ins Zimmer geschickt, weil sie meinten, daß er dort nicht mitbekäme, wie sie einander fertigmachten. Er hörte aber alles durch die Wand, nur sein Eindruck der Bösartigkeit des Streits verstärkte sich ungemein. In seiner Phantasie sah er den Vater die Mutter erschlagen, oder die Mutter erstach den Vater mit dem Küchenmesser. Er erlebte sich aber auch übermächtig, indem er sich aufblähen, in die Küche rennen und mit beiden schreien wollte, sodaß sie Angst bekämen und endlich aufhörten mit der Streiterei, sonst tötete er sie alle beide. Gewöhnlich endete es damit, daß er zu weinen begann, weil die Angst immer größer wurde und er sich bewußt war, wie klein und verlassen er in Wirklichkeit war.

Etwas stiller wurde es im Haus, als Hans im Herbst für einige Wochen zur Zuckerrübenernte fuhr. Für den Buben bedeutete es keine Erleichterung, denn Friedl konzentrierte

sich nun voll und ganz auf ihn, sie hatte viel Zeit, an ihm herumzunörgeln und ihn zu erziehen.
Was ihr in dieser Zeit aufzufallen und was sie zu stören begann, war, daß der Bub so viele Ähnlichkeiten mit seinem Vater hatte. Sie sah mit Enttäuschung, daß sie ein Ebenbild des Mannes großzog. Er war ebenso weich und nachgiebig und beeinflußbar. Sie dachte, daß es vielleicht möglich wäre, ihn durch noch strengere Erziehung ausdauernder, pflichtbewußt, ordentlich und ernst zu machen. Aber er wurde sofort krank, lag fiebernd und erbrechend im Bett, und sie mußte dem eingefahrenen Spiel nachgeben.

Anfang November hatte Friedl kein Geld mehr und beim Greißler schon eine Menge Schulden. Zwar hatte Hans versprochen, Geld zu schicken, es kamen aber nur kurze Nachrichten, daß es ihm gut gehe. Für den Buben schickte er Briefe in Blockbuchstaben und kleine Zeichnungen von der Arbeit in der Zuckerfabrik.

Friedl befand sich in einer verzweifelten Lage. Sie würde diesen Monat zum dritten Mal die Hausmiete nicht bezahlen können. Ihre bösen Ahnungen wurden eine Woche später durch den Erhalt des Kündigungsschreibens des Hausherrn bestätigt. Sie beschloß, nicht zu ihm zu gehen. Sie wollte sich nicht vor ihm erniedrigen und bitten und betteln, die Miete noch einen Monat zu stunden. Es wäre ja doch nur ein Hinauszögern des Endgültigen gewesen. An Hans schrieb sie einen kurzen Brief. Dann begann sie, nach einer billigen Wohnung zu suchen, ohne seine Antwort abzuwarten. Seltsamerweise belebte sie diese Aktivität sogar, endlich konnte sie etwas tun. Sie fühlte sich gesundheitlich besser, vielleicht auch, weil es Herbst war und kühl.

Am Wochenende kam Hans unvermutet nach Hause. Nach einigem Hin- und Herstreiten entschieden sie sich für eine kleine Wohnung im Dachgeschoß eines Einfamilienhauses in Liesing an der Wasserleitung. Die Kosten waren gering, die Wohnung aber auch sehr klein.

Sie übersiedelten mit dem Pferdewagen. Wieder mußten sie Möbel und Kisten beim Fuhrwerker unterstellen, weil zu wenig Platz in der Wohnung war. Fast hätte Friedl lachen müssen, als sie daran dachte, mit welcher Grausamkeit sich die unangenehmen Dinge in ihrem Leben wiederholten, so als sei sie irgendwann einmal an einem Punkt steckengeblieben und ginge hilflos im Kreis. Sie war fast fünfundvierzig Jahre alt und begann, ermüdend, ihre Träume zu vergessen. Ab nun gab es keine Margeriten und keinen Rittersporn mehr für sie im Garten.

1937

Politisch war die Lage in Österreich angespannter denn je. Im Juni wurde der Nationalsozialist Seyß-Inquart zum Staatsrat ernannt. Er sollte versuchen, eine Annäherung von nationaler Opposition und Regierung herbeizuführen. Mitte des Jahres gab es immer noch fast 200.000 Arbeitslose, die Unzufriedenheit war groß. Immer mehr Menschen glaubten, daß der Nationalsozialismus eine Besserung der Lage herbeiführen könnte und daß ein Anschluß an Deutschland die Wirtschaft wieder in Schwung brächte.

Regen floß müde an den Fensterscheiben herab. In der Küche war es still, nur ab und zu knisterte das Feuer im Herd. Friedl saß beim Tisch und nähte. Der Bub spielte am selben Tisch mit seinem Holzbaukasten. Die Uhr über dem Waschtisch tickte monoton und ließ die Zeit scheinbar langsam vergehen.

Friedl dachte daran, was sie dem Buben hätte erzählen können. Er fragte sie nichts. Je älter er wurde, desto fremder wurden sie einander, obwohl sich Friedl nach Vertraulichkeit sehnte. Sie stellte sich anheimelnde Abende am Ofen vor, wo sie nahe beieinander saßen und sie ihm Geschichten über ihre Kindheit und Schulzeit erzählte. Die wenigen Schilderungen von ihrer Arbeit in der Lederfabrik quittierte er stets mit einem zerstreuten Lächeln. Er spürte daraus ihre Sehnsucht nach der Vergangenheit und ihre Unzufriedenheit über ihre jetzige Situation. Er meinte, daß er schuldig sei, daß er die Wende in ihrem Leben herbeigeführt und sie seinetwegen ihre Arbeit verloren habe. Seinetwegen wurden Schulden gemacht beim Kaufmann und beim Fleischhauer, damit nahrhaftes Essen auf den Tisch kam, alles seinetwegen. Wieder wünschte er sich weit weg, wünschte sich eine andere Mutter, meist auch einen anderen Vater, bettete diese Wünsche in lebhafte Träume von Wärme und Geborgenheit. Meist fühlte er sich als verlorener Gegenstand in einer öden Weite, und er hatte die Überzeugung, daß niemals einer käme und ihn fände. Seine schwermütigen Augen blickten nur scheu dorthin, wo sich seine Mutter befand, so als habe er Angst, sie so zu sehen, wie sie wirklich war. Manchmal schloß er die Lider und stellte sich vor, daß, wenn er sie wieder öffnete, ihm eine andere Frau gegenübersäße.

Friedl nahm den nächsten Socken in die Hand und schob das Stopfholz hinein. Sie lebten in einer schrecklichen Zeit. Unsicherheit war ein ständiger Begleiter des Lebens und konnte vom einzelnen nicht weggeleugnet werden, da sie elementare Dinge des Lebens betraf, nämlich Essen, Wohnen, Schlafen, Arbeit, Religion und Freiheit und natürlich Frieden. Sie selbst hätte ja nicht viel mehr vom Leben erwartet, nur eben diese ihr notwendig erscheinenden Dinge, ohne die sie sich beunruhigt und gefährdet fühlte. Und wie würde das Leben erst in zehn oder zwanzig Jahren sein, wenn es so weiterging, daß man Kanzler erschoß, Staatsgebäude abbrannte und Bürger des Landes sich gegenseitig umbrachten. Gleichzeitig redete sie sich ein, daß sie nicht mehr so lange lebte. Irgend etwas oder jemand würde sie ins Grab gebracht haben, vielleicht der Mann mit seinen Liebeleien oder das Kind, weil es so anstrengend war und frech. Manchmal sehnte sie den Tod sogar herbei. Der Bub

bekäme dann eine andere Frau zur Mutter. Hans würde sicherlich gleich wieder heiraten. Sie bemitleidete sich selbst, doch tot zu sein erschien ihr als Möglichkeit, gut zu sein, bedauert zu werden. Wäre sie tot, hätte der Bub sie lieben können, denn sie vermutete, daß er sie so, wie sie war, nicht liebte.
Das Wissen, daß gekocht werden mußte, brachte sie allemal zurück in die Gegenwart, und sie unterdrückte gewaltsam jeden weiteren Gedanken. Der Bub kam im Herbst in die Schule, vielleicht brachte das etwas Ruhe in ihr Leben.

Als Friedl den Buben am ersten Tag zur Schule begleitete, versuchte sie, ihm zu erklären, was es bedeutete zu lernen. Er hatte sich an ihrer Hand festgeklammert und konnte sich keine Vorstellung machen, was sie ihm da erzählte. Vor der Schule schrien und lärmten viele Kinder wild durcheinander. Da sich seine Erfahrungen mit Menschen fast ausschließlich auf seine Eltern beschränkten, wurde er von Panik erfaßt, denn er hatte noch nie so viele Kinder auf einem Platz gesehen. Außer einem kleinen Mädchen aus der Nachbarschaft, mit dem er wenige Male gespielt hatte, kannte er Kinder nur vom Sehen. Er wußte nicht, wie er sich verhalten sollte.

Endlich wälzte sich der Strom von Kindern ins Schulhaus und in den ersten Stock zu den Klassen. Nach wie vor hielt der Bub Friedls Hand und war wie gelähmt, als man ihm bedeutete, er solle allein in das Klassenzimmer gehen und sich dort setzen. Er wurde hin- und hergestoßen, bis ihm die Lehrerin einen Platz anwies.

Ein Großteil der Kinder kam aus dem Arbeitermilieu. Manche waren robust, schlau und wendig, abgehärtet durch Entbehrungen und Schläge und hatten einen sechsten Sinn dafür, welches der Kinder ihnen ausgeliefert sein würde, freigegeben zum Stoßen, Auslachen, Essen-Wegnehmen, Schulsachen-Verstecken, Tintenpatzen-aufs-Papier-Machen, auf dem Schulweg Abfangen und Hauen, und so weiter. Er war durchschaut von Beginn an und erwies sich als dankbares Objekt für diese Spiele, denn er ängstigte sich und weinte gleich zum Jubel der anderen. Als die Meute auch noch herausfand, daß er nicht ohne Angst die Stiegen hinuntergehen konnte, fand das Lachen kein Ende. Im Haus in Mauer hatte es keine Stiege gegeben, er hatte es daher erst spät gelernt. Wenn der Unterricht beendet war und die Kinder sich auf dem Gang anstellen mußten, krampften sich seine Muskeln schon zusammen und seine Augen begannen sich mit Tränen zu füllen. Irgend einer puffte ihn ganz sicher von hinten, und er fühlte den Angstschweiß auf dem Rücken, und die Stiege nahm kein Ende. Einige Male stießen sie ihn auch so, daß er fiel, mehrere Stufen hinunterkugelnd, die anderen hielten sich die Seiten vor Lachen. Den Verweis der Lehrerin, daß er ordentlich gehen solle, mußte er auch noch einstecken.

Später verlangten einige der schlimmsten Buben sein Jausenbrot. Viele der Kinder bekamen nichts zu essen mit in die Schule, und er gab sein Brot ab in der Hoffnung, daß sie ihn weniger quälen würden. Er hätte aber viele Brote gebraucht, um sich freikaufen zu können. Was er vormittags schon gegeben hatte, konnte er mittags auf dem Nachhauseweg denen, die ihn nochmals verprügeln wollten, nicht mehr anbieten. Er bat daher Friedl um dickere Brote. Dabei wurde er immer blasser und schmaler, es zehrte aber weniger das Nichtessen an ihm als die ewige Angst, der Trottel für alle zu sein.

Irgendwann kam Friedl dahinter, daß er seine Brote verschenkte. Sie regte sich schrecklich auf und ohrfeigte ihn. Sie schlug ihn so lange, bis er ihr alles erzählte. Dann schleppte sie ihn zur Wohnung des Buben, der nach seiner erpreßten Aussage den meisten Wegzoll erhalten hatte. Als der die Tür öffnete, bekam er von Friedl ebenfalls eine Ohrfeige. Dann stritt sie mit seiner Mutter, die ihr Kind zu verteidigen suchte. Aber Friedl hatte eine massive Art sich durchzusetzen, schließlich schlug die andere Mutter ihren Buben auch. Der schüttelte sich nur und zeigte dem Verräter heimlich drohend die Faust. Man würde andere Mittel und Wege finden, um ihm zu zeigen, daß er doch ein Trottel war.

Die Geschichte mit dem Brot hatte Friedl sehr aufgeregt. Sie konnte nicht verstehen, daß der Bub sich von den anderen so schikanieren ließ. Warum wehrte er sich denn nicht? Sie gab sich solche Mühe, ihn ausreichend und gut zu ernähren. Sie hatten nichts zum Herschenken, das mußte er doch begreifen. Sie selbst verzichtete oft aufs Essen, nur damit er genug bekäme.

Die Kälte des Winters setzte Friedl sehr zu. Die Dachwohnung war kalt und zugig, das Wasser in der Kanne fror über Nacht zu Eis, und der Wind pfiff durch Fenster und Türritzen. Hans hatte ab und zu Gelegenheitsarbeiten, brachte aber zu wenig Geld nach Hause. Es mußte an allem gespart werden. Friedl ging so wenig wie möglich aus dem Haus, aber nicht nur, weil sie sich krank und elend fühlte. Sie mußte beim Greißler immer wieder aufschreiben lassen, deshalb schickte sie lieber den Buben einkaufen, er war groß genug. Sie selbst genierte sich, weil sie Schulden machen mußten.

Nun war sie vormittags allein und hatte ihre Ruhe, aber das paßte ihr auch nicht, denn die Vormittage vergingen langsam und ohne Abwechslung. Gegen Mittag kochte sie, Kohl, Kartoffeln oder Kraut, alles dick eingebrannt, aus wenig mußte viel werden, damit es auch für Hans reichte, der erst am Abend aß. Wenn der Bub nach Hause kam, mußte er gleich essen und dann seine Aufgaben schreiben. Nicht nur einmal riß Friedl ihm die beschriebenen Seiten aus dem Heft, oft zweimal, weil sie nicht mitansehen konnte, wie er alles hinschmierte. Früher war alles anders und ihre Lehrerin viel strenger gewesen. Und sie selbst hatte sich einfach mehr bemüht. Aber der Bub wollte nicht so recht, er wollte hinaus auf die Straße, rodeln, spielen. Er hatte keinen Sinn für ordentliche Arbeit. Während Friedl ihn beaufsichtigte, nähte, stopfte oder strickte sie unentwegt, denn es gab immer etwas auszubessern, abzutrennen und neu anzustricken und Flicken aufzunähen. Ab und zu erhob sie sich, um das Feuer im Herd in Gang zu halten. Erst am späten Nachmittag durfte der Bub noch ein wenig hinausgehen. Friedl wärmte sich einen Rest Frühstückskaffee und setzte sich nahe zum Ofen.

Hans kam eines abends freudestrahlend nach Hause. Er be-

käme möglicherweise bald Arbeit. Sein Cousin wollte sich nach vielen Bitten für ihn einsetzen, er war schon länger illegal bei den Nationalsozialisten und hatte verschiedene Beziehungen. Hans redete und redete, er achtete nicht auf Friedl, die sich gesetzt hatte und ihn böse anschaute.
„Wir wissen ja ned, was später einmal noch kommen wird, aber vielleicht ist es ned schlecht, wenn man einen Macher kennt und wenn man sogar mit ihm verwandt ist. Wirst sehn, Mama, das wird alles besser werdn wie jetzt. Und wir werdn die Schuldn zahln können, und irgendwann einmal möcht ich wieder ein Haus habn mit einem Gartn, das sag ich dir. Ich bin recht zufrieden mit der ganzen Sach!"
„Daß du zufriedn bist, das sieht man dir an. Aber mir paßt das gar ned. Ich versteh ja nichts von Politik, ich weiß nur, daß man ned einfach Leut erschießt, die einem ned passn!"
„Das ist *einmal* passiert, das mit dem Dollfuß, er hat ja wirklich viel falsch gmacht."
„Das ist ja kein Grund, daß man wen umbringt. Es könnt ja einmal einer kommen, der meint, daß du was falsch gmacht hast, der erschießt dann dich."
„Was du immer für Gedanken hast, auf die komm ich nie!"
„Ja, ich will halt immer noch einen Schritt weiterdenkn wie du, weil es ist ned alles nur schwarz oder weiß."
„Bitt dich, halt mir jetzt keine Vorträg, ich kann das ned hörn. Mir ist das wurscht, ich krieg eine Arbeit und bring wieder ein Geld heim und wir können die Schuldn zahln."
„Und was mir noch ned paßt ist, daß uns ausgerechnet dein Cousin hilft, die Familie ist eh alleweil so lästig. Jetzt werdn sie uns noch mehr aufn Pelz rückn und uns besuchen."
„Hör einmal, das ist mein einziger Verwandter, den ich

noch hab, ich weiß ned, daß du wirklich an allem und jedem was zum Aussetzen hast. Schau dich doch um, rundherum habn die Leut keine Arbeit und nichts zum Essn ..."
„Was hat denn das damit zu tun, daß mir dein Cousin und seine Familie auf die Nerven gehen?"
„Geht er dir auf die Nerven, weil er ein Illegaler ist oder weil er uns hilft, weil er mir eine Arbeit verschafft?"
„Ja, alles miteinander stört mich, des hab ich gelernt, man begibt sich ned in die Abhängigkeit von andere Leut."
„Die Leut, die Leut, immer die Leut. Ich hab es satt, alleweil die Raunzerei und Kepplerei, daß kein Geld im Haus ist. Ich nimm die erstbeste Arbeit, die er mir verschafft. Und wann du dir dann vielleicht ein neues Kleid kaufn kannst, dann wirst auch nichts mehr dagegn habn!"
„Jetzt muß ich mir auch noch unterstelln lassn, daß ich käuflich bin, was glaubst denn eigentlich von mir? Aber mach nur einen Blödsinn nach dem andern. Vielleicht wirst du nur gescheiter, wenn dir ein Stein nach dem andern auf den Schädel fallt. Manche Leut lernen nur durchs Anrennen. Jesus Maria, ich halt die Streitereien nimmer aus, einmal trifft mich noch der Schlag, das weiß ich!"

Am nächsten Tag ging Hans grußlos aus dem Haus. Er würde sich von Friedl nichts mehr einreden lassen.

1938/1939

Am 12. März 1938 marschierten in Österreich deutsche Truppen ein. Es geschah reibungslos und ohne erkennbaren Widerstand, Proteste erfolgten nur formal. Am 13. März verkündeten Gesetze den Anschluß an das Großdeutsche Reich, Österreich hatte seine Eigenständigkeit verloren. Schon in der ersten Nacht des Einmarsches wurden tausende Menschen von der SS verhaftet.
Am 9. November 1938 fand auf Anordnung der Parteileitung ein Judenpogrom statt, die „Reichskristallnacht". Die Aktionen der Gewalt sollten die jüdischen Bürger einschüchtern und zur Emigration veranlassen.

Das Leben ging für Friedl im normalen Einerlei weiter. Zum Geburtstag bekam sie den obligaten Zyklamenstock und vom Buben ein Blatt Papier, auf dem ein rotes Herz gemalt war, mit dem er seiner lieben Mutter alles Gute wünschte.
Da Hans seit dem Frühjahr Arbeit hatte, ging es ihnen finanziell besser. Die Anstellung war ihm vom Cousin vermittelt worden, der als ehemaliger Illegaler rasch Karriere gemacht hatte. Die Schulden beim Kaufmann waren bezahlt worden, und Friedl ging ab und zu auch wieder selbst einkaufen. Sie teilte das Geld genau ein, die Ausgaben schrieb sie in ihr Haushaltsbuch, das sie all die Jahre über geführt hatte. Es war eine Tätigkeit, die sie an das Büro erinnerte, und sie machte es gerne. Wenn sie sich nach dem Einkaufen an den Küchentisch setzte und das Buch aus der

Lade holte, fühlte sie sich manchmal um Jahre zurückversetzt. Und wenn sie den Kopf beugte und den Tintenstift zur Hand nahm, hörte sie in Gedanken das vertraute Rascheln, das beim Wenden der großen Bilanzbogen entstanden war, und manchmal meinte sie, der alte Kommerzienrat Grätzer stünde hinter ihr und fragte sie etwas.

Wenn sie damals nicht geheiratet hätte, wäre ihr Leben wahrscheinlich anders verlaufen. Aber letztendlich wäre ihre Existenz als Mitarbeiterin eines jüdischen Fabriksbesitzers auch in Frage gestellt gewesen. Friedl hatte gehört, daß viele Juden das Land verließen, auch die Grätzers und Dr. Grünzweig waren über Nacht mit unbekanntem Ziel verreist.

Sie stand auf und ging in das Zimmer hinüber, um es aufzuräumen. Während der Arbeit dachte sie an die Oper. Sie schüttelte Polster und Tuchenten. Die Spannung vor dem Beginn einer Aufführung hatte sie jedesmal auf der Haut empfunden. Stunden vorher war sie schon nervös gewesen, hatte sich beeilt, um nur ja nicht zu spät zu kommen, und war dann viel zu früh vor dem Opernportal gestanden. Sie breitete mit weit ausholenden Armbewegungen die Tagesdecke über die Betten. Die Schultergelenke schmerzten sie bei diesen heftigen Bewegungen. Sie ging einige Male hin und her, zog und zerrte an der Decke, damit sie an beiden Seiten gleich lang herunterhing. Seufzend nahm sie das Staubtuch, um die Nachtkästchen abzuwischen. Schön waren die Möbel wirklich nicht mehr. Ihre Mutter hatte sie gebraucht gekauft, und die Übersiedlungen hatten Spuren hinterlassen. Neue Möbel zu kaufen, konnte sie sich aus dem Kopf schlagen. Und ob sie jemals wieder aus dieser kleinen, miesen

Wohnung herauskämen, das mochte Gott wissen oder auch nicht.

Wenn Hans am Abend nach Hause kam, war er meist beschwingt und guter Laune. Das änderte sich dann mehr oder weniger schnell. Friedl erinnerte sich an den Beginn ihrer Ehe, als sie einen fremden Geruch an ihm wahrzunehmen geglaubt hatte, etwas, das sie nun wieder spürte. Im Grund genommen wollte sie nicht wissen, ob er ein Verhältnis mit einer anderen Frau hatte, und dennoch fragte sie ihn, wollte ihn in die Enge treiben, wollte ihn mit einer gesehen haben um Mittag in den Weingärten, aber er wich geschickt aus, zerredete ihre Fragen, lenkte das Gespräch auf andere Dinge, meist politische, denn da war er im Vorteil.
Hans kaufte seit dem Frühjahr den Völkischen Beobachter. Nach Friedls Ansicht taugte die Zeitung nur zum Feuermachen und nicht einmal fürs Clo. Sie las die Zeitung mit Abneigung, entdeckte von der ersten bis zur letzten Seite nur Phrasen. Hitler hatte die größte Vollzugsmeldung seines Lebens abgegeben, den Eintritt Österreichs in das Deutsche Reich. Die Ostmark sollte ab jetzt das Bollwerk der Deutschen Nation und damit des Deutschen Reiches sein. Friedl war überzeugt, daß sie sich niemals zum Nationalsozialismus bekennen würde. Niemals würde sie gutheißen, daß man Menschen die Straßen aufwaschen ließ, die Judenkinder aus der Nachbarschaft prügelte und Auslagenscheiben jüdischer Geschäfte zertrümmerte. Über den Beginn der Autobahn-Bauarbeiten bei Brunn konnte man ja noch reden, das bedeutete Arbeit für viele Menschen, aber was hatte das ei-

ne mit dem anderen zu tun? Das fragte sie auch Hans vergeblich.

Eines Tages erklärte Hans, daß es besser wäre, sie würden aus der Kirche austreten. Sein Cousin war mit politisch höhergestellten Personen gut bekannt, vielleicht ergaben sich da noch verschiedene Dinge.
Friedl ging seit vielen Jahren nur mehr zu den Mai-Andachten in die Kirche. Das war eine alte Gewohnheit, an der sie festhielt. Der Glaube an den allmächtigen Gottvater war ihr schon vor vielen Jahren vergangen, denn er hatte für seine geliebten Kinder auf Erden nicht viel übrig, wie sie meinte. Trotzdem wollte sie nicht aus der Kirche austreten. Erbittert versuchte sie, Hans das Recht streitig zu machen, diese Frage zu entscheiden. Sie wollte katholisch bleiben, um nicht nationalsozialistisch sein zu müssen.
„Was verlangst du von mir? Ich soll aus der Kirchn austreten? Für was soll denn das gut sein?"
„Ich hab dir doch jetzt schon hundertmal erklärt, daß das sein muß. Der Fritz hat gesagt, das macht einen bessern Eindruck, wenn unsere Verhältnisse geklärt sind."
„Ich wüßt ned, was an unsere Verhältnisse ned klar ist. Und noch klarer ist, daß deine Verwandtschaft immer einen Unfrieden ins Haus bringt!"
„Ist ja nur gut, daß du keine Verwandtschaft hast, weil wenn die nur halb so narrisch wär wie du, haltert man es überhaupt ned aus."
„Deine Frechheiten kannst dir sparen, und tu ned ablenkn vom Thema. Ich sag nur eins: Ich will ned austretn, da kannst machen, was du willst!"
„Na, wir werdn das gleich habn. Ich werd mir wegen dir

keine Schwierigkeiten einhandln, ich werd hingehn und das für dich erledigen. Und noch eins sag ich dir: In Zukunft werd ich sagn, was geschieht, ich werd mir von dir nimmer dreinredn lassen. Als nächstes such ich um die Mitgliedschaft bei der Partei an, in meiner Familie hat's eh keine Judn gegebn, das weiß ich genau! – Na, hats dir die Red verschlagn? – Es ist eh besser, wenn einmal Ruh ist!"

Sie wußte tatsächlich nicht, was sie antworten sollte. Sie fühlte sich so ohnmächtig, unbeweglich, vollkommen eingeschränkt und bevormundet. Wenn sie jetzt nicht wieder bis in die Nacht hinein streiten wollte, dann mußte sie mit irgend einer Hausarbeit beginnen. Sie machte Grießkoch zum Abendessen, rührte wütend in dem Topf herum, daß das Koch bis zum Rand schwappte und ärgerte sich sofort, als sich der Geruch der verbrannten Milch verbreitete. Dann knallte sie die Teller auf den Tisch, warf die Löffel daneben hin. Der Bub, der eben in die Küche kam, blickte sie nur kurz und ängstlich an. Schweigend setzten sie sich zum Essen, Friedl teilte das Grießkoch aus, gab Butter darauf und streute ein Gemisch aus Zimt und Zucker darüber. Der Bub betrachtete fasziniert, wie an den Rändern ein brauner Saft entstand, und er begann langsam mit dem Löffel Furchen und Schneisen in sein Koch zu pflügen. Als Friedl das bemerkte, schrie sie ihn an, das gefälligst bleiben zu lassen, mit dem Essen spiele man nicht. Er habe ordentlich zu essen, sonst bekäme er auf der Stelle eine Ohrfeige. Der Bub duckte sich unter ihrer erhobenen Hand, und wieder herrschte frostiges Schweigen.

1941/1942

Im April 1941 wird die Rentnerin Theresia Rager von der Gestapo in St. Pölten festgenommen, weil sie ein Schmähgedicht verbreitete:
Wir wollen keinen Krieg
Wir brauchen keinen Sieg
Wir wollen unser freies Österreich
Und freuen uns auf die Hitlerleich!

Als Hans an einem Sommerabend stürmisch die Treppe heraufgelaufen kam und die Küchentür schwungvoll öffnete, blickten Friedl und der Bub ihm erstaunt entgegen. Dem Buben kam ein warmer Schimmer in die Augen, als er sah, daß der Vater die Mutter umarmte. Sie wehrte verunsichert und mit zusammengezogenen Brauen ab. Zu lange hatte es schon keine Zärtlichkeiten mehr zwischen ihnen gegeben. Hans war blendender Laune und zog ein Papier aus der Aktentasche, das er freudestrahlend vor sich hielt. Ob sie eine Idee habe, was das sein könnte, lachte er. Friedl lag schon das Wort „Kündigung" auf den Lippen, aber das paßte nicht zu seinem Verhalten. Sie versagte sich die Bosheit, es auszusprechen. Er hatte sich an den Küchentisch gesetzt und das Papier vor sich ausgebreitet.
„Siehst, Mama, du hast mir ja früher ned glaubt, daß mit dem Anschluß alles besser wird. Jetzt haben wir endlich Glück – da ist der Pachtvertrag für ein Haus, ich hab mir's heut Vormittag schon angschaut. Staunen werd's, ein riesiger Gartn ist dabei mit schönen, alten Obstbäumen."
„Laß anschaun, Papa, gib her!"
„Ja, komm nur her, Bub, und les. Wenn wir die nächstn Jah-

re nur ein bißl sparn, dann können wir das Haus auch kaufn."
„So – und wo ist der Pferdefuß an der Gschicht?"
„Na Hauptsach, die Mama hat wieder was! Aber gut, ich sag's gleich: Noch wohnen im erstn Stock Leut, und zwar der Sohn vom Hausbesitzer mit seiner Familie."
„Und das, glaubst, ist ein guter Tausch? Jetzt habn wir die Hausbesitzer unter uns, dann habn wir's ober uns. Es ist doch ghupft wie gsprungen. Abhängig sind wir, tun und lassn können wir ned, was wir wolln!"
„Irgendwie werdn wir das schon machn, wozu kennt der Fritz den Gauleiter-Stellvertreter, wozu habn wir Beziehungen! Na, na, mach doch ned so ein Gsicht, freu dich doch ein bißl. Wirst es ja auch wieder schöner habn in einer größern Wohnung. Der Bub kriegt ein eigenes Zimmer, da kann er lernen, und die Kuchl ist groß und gemütlich. Wir können wirklich zfrieden sein!"

Hans sah Friedl an, daß sie ihm gerne widersprochen hätte, er triumphierte innerlich, denn sie konnte nicht, immerhin hatte sie sich all die Jahre über nichts sehnlicher gewünscht, als hier wieder ausziehen zu können. Bei dem Gedanken an den Garten fühlte sie, wie ihr die Tränen in die Augen stiegen, und sie wandte sich ab zum Herd. Sie erinnerte sich an das Heimkommen ihres Vaters, damals 1906 in Wien, und wie sich alle gefreut hatten, in die Wohnung nach Atzgersdorf ziehen zu können. Jetzt unterdrückte sie das Freudengefühl. Wem gehörte dieses Haus, wer mußte ausziehen und warum? Für Hans hatte alles seine Ordnung, alles war, wie er es haben wollte. Er dachte nicht nach, wollte keine Tratschereien hören. Der Greißler war ein weißer Jude, ein Volksschädling, der war mit Volksvermögen ins Ausland geflüchtet – das war seine Meinung. Friedl dagegen wußte, daß ihn die Gestapo eines Nachts geholt hatte, seitdem war er verschwunden. Vielleicht konnte man das Haus des Greißlers auch bald mit Vorkaufsrecht mieten. Sie schluckte ihre Einwände hinunter, es gäbe doch wieder nur eine dieser endlosen Streitereien bis in die Nacht hinein. Sollte er doch machen, was er wollte.

Der Hausherr war froh, daß sie auszogen. Immer wieder hatte es Meinungsverschiedenheiten zwischen ihm und Hans gegeben, einmal wegen des Kellers, dann wegen des Kindes. Worüber er sich aber am meisten freute, durfte er nicht sagen, nämlich, daß niemand mehr sein Haus zu Führers Geburtstag mit Fahne, Bild und Blumen aufputzte.

Das Haus, in das sie im September einzogen, befand sich nicht weit entfernt von ihrem alten Wohnort in der Nähe des Liesinger Friedhofs. Im Erdgeschoß und im ersten Stock war je eine Wohnung, wobei sie das Erdgeschoß gemietet hatten. Im ersten Stock wohnte der Sohn des Hauseigentümers mit seiner Familie. Die Frau war eine kleine, keifende, primitive Person, der Mann war gehbehindert, sie hatten drei ziemlich ungezogene Kinder. Und sie waren alles andere als begeistert, daß man ihnen Wildfremde, Dahergelaufene, ins Haus setzte.

Vom Vorhaus, in dem sich auch der Treppenaufgang ins Obergeschoß und der Treppenabgang in den Keller befanden, führte eine Tür in eine Wohnküche mit einem gemauerten Herd und einer Kaltwasserbassena. Es gab noch zwei

Zimmer, wovon nur eines beheizbar war, und eine Toilette. Insgesamt waren die Räume etwas größer, ebenso der Keller, was bei der Lagerung von Brennmaterial, Kartoffeln und Gemüse einen nicht zu verachtenden Vorteil darstellte.

Nachdem die Möbelpacker endlich draußen waren, begann für Friedl die kräftezehrende Arbeit des Einräumens, Hin- und Herschiebens, stundenlang ging sie von einem Raum in den anderen, verteilte und verstaute die Sachen in Schränke und in die Kredenz. Das Geschirr, das in Stroh eingepackt worden war, mußte abgewaschen werden. Sie hatten auch die damals beim Fuhrwerker eingestellten Kisten holen lassen, in denen sich unter anderem ein Biedermeier-Kaffeeservice ihrer Großmutter befand, das sie nun mit viel Liebe und Freude herausholte, abwusch und an den angestammten Platz in den Glasteil der Küchenkredenz stellte.
Leider gab es im Haus kein Gas, der Rechaud und das Gasbackrohr wurden in den Keller gestellt. Sie hatte sich in den letzten Jahren sehr an den Komfort des Kochens mit Gas gewöhnt, nun mußte sie wieder jeden Tag einheizen. Wieder würde sie das Hacken und Heraufbringen des Holzes aus dem Keller verlangen müssen, denn von selber machte keiner etwas, nicht der Mann und nicht der Bub. Der Herd mußte jeden Tag ausgeputzt werden. Da sie sich schlecht bücken konnte, mußte sie sich vor den Ofen knien. Das Feuermachen war besonders im Sommer, wenn die Sonne auf den Rauchfang schien, nicht einfach. Durch das Feuer- und das Aschetürchen, durch die obenauf liegenden Ringe, durch alle Ritzen, die der Herd hatte, drang der beißende Rauch in den Raum. Mit einem Stück Pappe wedelte sie

minutenlang vor der Feuertür, wodurch der Rauch nach hinten zum Rauchfang gedrückt wurde und ärgerte sich über die Asche, die herumflog. Die Metallteile des Herdes waren mit Schmirgelpapier zu putzen, tat man das nicht, gab es nach einigen Tagen häßliche Flecke. Die Lötstellen der eingelassenen Kupferwanne zum Heißmachen des Wassers platzten nacheinander an verschiedenen Stellen auf und das Wasser lief aus. Die Wanne mußte herausgenommen und zum Löten gebracht werden.
An der Art und Weise des Wäschewaschens hatte sich auch nichts geändert. Bei schönem Wetter konnte sie im Garten zwischen den Obstbäumen Stricke spannen. Im Winter trug sie die Wäschekörbe auf den Dachboden, wobei es bei dieser Gelegenheit sofort Wortwechsel mit der Familie im ersten Stock gab; schon wieder diese Wascherei, hieß es jedesmal in bissigem Ton. Da man jemandem, der einen Gauleiter-Stellvertreter – wenn auch nur entfernt – kannte, nicht ungestraft die Meinung sagen konnte, bot unter anderem der Waschtag einen willkommenen Anlaß, dies wenigstens andeutungsweise zu tun.

Der Winter von 1941 auf 1942 war sehr streng. Schon im Dezember schneite es heftig, die Wächten türmten sich im Garten. Hans mußte sich, bis zu den Hüften im Schnee stekkend, einen Weg zum Gartentor freischaufeln, damit er zur Arbeit gehen konnte. Es schneite noch weiter, und im Februar erreichte der Schnee Rekordhöhe.

Weil das Zimmer des Buben nicht beheizbar war und in der Nacht das Wasser im Nachttopf einfror, durfte er im Bett der Eltern in der Mitte schlafen. Es war kuschelig warm,

und sie fühlten sich alle drei gut, obwohl sie nicht darüber sprachen. Für den Buben war es ein einmaliges Gefühl des Geborgenseins, das er tief empfand.
Friedl lag wach und hörte auf die Atemzüge der Schlafenden. Wie immer zogen viele Gedanken durch ihren Kopf, während langsam die Kälte durch die Hauswände drang. Das kleine Feuer im Ofen sank zur Glut herab, machte bald kein Geräusch mehr, sodaß man nur noch das Flüstern des Windes um das Haus hörte, gedämpft durch den rieselnden, sich türmenden Schnee. Fröstelnd zog sie die Tuchent eng um sich. Es graute ihr vor dem Aufstehen am Morgen.

Nach langen Streitereien mit Hans hatte Friedl durchgesetzt, daß der Bub ins Gymnasium nach Mauer gehen durfte. Es war eine finanzielle Belastung, gegen die Hans sich wehrte. Für Friedl bedeutete es viel mehr, als sie ihm erklären konnte. Noch immer, nach all den Jahren, tat es ihr leid, daß sie nicht die Möglichkeit gehabt hatte, mehr zu lernen, und sie wollte, daß ihr Kind diese Chance bekäme.

Am Tag der Aufnahmeprüfung fuhr Friedl mit dem Buben nach Mauer. Weil noch Zeit war, setzten sie sich auf eine Bank in dem kleinen Park bei der Kirche, und sie versuchte wie vor Jahren am Beginn der Volksschule dem Kind mit unbeholfenen Worten klarzumachen, was dieser Schritt in einen neuen Lebensabschnitt bedeutete. Aber sie drückte sich ungeschickt aus, war nicht gewohnt, dem Buben ihre Gedanken auseinanderzusetzen, ihre Erfahrungen mitzuteilen. Unsicher verfiel sie bald wieder in schulmeisterliche Vorhaltungen, die er reglos über sich ergehen ließ. Er hielt den Kopf gesenkt, weil er sich vor ihrem Blick ängstigte, gleichzeitig fürchtete er sich vor der Aufforderung, sie anzusehen, ihr in die Augen zu schauen, wenn sie mit ihm sprach. Seltsamerweise unterließ sie das aber, vielleicht war sie sogar froh, daß er sie nicht ansah und bemerkte, wie sehr sie das alles berührte. Sie entließ ihn voll Hoffnungen, rief ihm noch Ermahnungen nach, wie er sich benehmen solle. Er bestand die Prüfung gut, und sie war selig darüber.

Mit dem Beginn des neuen Schuljahres waren die Nachmittage wieder ausgefüllt mit Lernen und Aufgabeschreiben. Friedl prüfte alles und jedes, und nichts war gut genug. Sie riß weiterhin Aufgaben aus den Heften. So schrieb der Bub seine Arbeiten wieder zweimal, manchmal dreimal, zitternd und deprimiert, oft den Tränen nahe. Sehnsüchtig wanderten seine Augen zum Küchenfenster, wo er die Bäume im Garten sehen konnte, und er hörte die Rufe und Schreie der spielenden Kinder. Aber es half nichts, Friedl blieb unerbittlich, solange er nicht alles ordentlich gemacht hatte, durfte er nicht hinaus.
Friedl war klar, daß sie ihn bald nicht mehr kontrollieren konnte, weil er lernte, wovon sie keine Ahnung hatte. Und sie war zu müde und zu nervös, sich selbst mit den Unterrichtsgegenständen zu beschäftigen, um ihm behilflich zu sein, damit er sein Ziel sicher erreichte. Außerdem hatte sie das Gefühl, daß er nur darauf wartete, losgelassen zu werden, unbeobachtet zu sein, um sich austoben zu können.Er war wie sein Vater, er war nicht wirklich interessiert, hatte keine Ähnlichkeit mit ihr. Er war ein Hitlerjunge in Uniform mit Koppel und Mütze, der im Garten und in den angrenzenden Weingärten Stellungskrieg spielte und den vermeintlichen Feind totschoß. Das machte ihm Spaß. Ach,

wie sie das alles haßte, vielleicht haßte sie nicht nur die Zeit in der sie leben mußte und die Umstände, sondern auch den Buben, weil er ihr in seiner Unschuld und Unwissenheit vorlebte, wie Führers Kinder sein sollten. Zäh wie Leder, hart wie Kruppstahl, flink wie Windhunde, Friedl schüttelte den Kopf. Über Leder wußte sie Bescheid, da konnte ihr keiner etwas vormachen. Weder ihr Mann noch das Kind hatten eine Eigenschaft guten Leders. Aber es war ja auch keine Qualität des Menschenmaterials erforderlich, zum Totschießen, Verhungern und Erfrieren in den Schützengräben eignete sich alles. Und wenn das so weiterging, würde in ein paar Jahren auch der Bub einrücken müssen. Sie schüttelte sich vor Widerwillen. Da hätte sie all ihre Kraft in den Werdegang dieses Kindes gesteckt, damit er womöglich ohne Arme oder Beine wiederkam. Oder sie würde jeden Tag zitternd vor Angst die Spalten der Verlustmeldungen in der Zeitung durchsuchen, mit einem Klumpen im Hals von den ungeweinten Tränen, denn man konnte ja nicht jeden Tag weinen wegen dieses Elends, das auf ihnen lastete. Und obwohl es auf allen lag, traf es den einzelnen, irgendeinen, ohne Regel, warum sollte sie ausgenommen sein, sie hatte doch ihr Leben lang kein herausragendes Glück gehabt. Es würde sie also auch treffen, das Elend des Todes, der hätte vermieden werden können, oder zumindest eines Fast-Todes, denn das waren die grausamen Verstümmelungen in ihren Augen allemal. Und sie wußte nichts dagegen einzubringen, ja sie durfte nicht einmal, denn es war die heilige Pflicht jedes Mannes, sich zu stellen, einzugliedern, zu unterwerfen. Nun weinte sie doch, aber es war der Zorn, der sie dazu brachte. Um sich abzulenken, griff sie hastig nach dem Strickzeug, und die monotone, wie geölt laufende Bewegung des Strickens, glatt, glatt, glatt, glatt, ließ sie in dumpfe, herbe Melancholie versinken.

1944

Je mehr Männer zur Wehrmacht eingezogen wurden, desto mehr wurden Frauen in Berufen eingesetzt, die bisher fast ausschließlich den Männern vorbehalten waren. Frauen waren Tankwarte, Maler und Anstreicher, Flugzeugmonteure, Straßenbahn- und KFZ-Fahrer. Sie bedienten Bohr-, Hobel-, Fräs- und Schleifmaschinen. Die Arbeitszeit wurde schleichend erhöht, für den Führer arbeitete man monatelang ohne Sonntagsruhe. Und dies alles, obwohl „Frauen und Mädchen nur auf Berufe angewiesen sein sollten, die der weiblichen Wesensart entsprechen.“
Und: „Die deutsche Frau raucht nicht!“
„Die deutsche Frau trinkt nicht!“

„Was du dir einbildst, Mama, das ist ein Blödsinn. Der Führer hat sich was denkt dabei.“
„Ist der Reich Ferdl aus Stalingrad zurückkommen oder ned?“
„Nein, bis jetzt ist er ned zurückkommen, aber er könnt ja noch kommen, vielleicht ist er ned tot, sondern nur verletzt, das weißt ja ned!“
„Wissen tu ich nichts, aber spürn tu ich's, und das is ned der einzige, der tot is, das sag ich dir!“
„Du alleweil mit deinem Gspür! Keine Ahnung hast, aber immer mußt reden!“
„Von dir werd ich mir ned den Mund verbietn lassn, daß du es nur weißt!“
„Von mir aus, mach, was du willst. Wir landn alle noch einmal im Häfn mit deine Bemerkungen.“

„Ach, gibst es endlich zu, daß die Leut im Häfn landn, wenn's blöd redn?"
„Nichts geb ich zu, weil ich weiß nichts und ich will nichts wissen!"
„Das ist immer deine Red, aber du wirst noch einmal schaun, das sag ich dir, du mit dein Hitler!"
„Immerhin hab ich eine Arbeit, ein Essn und ein Haus, zumindest fast hab ich das, und das reicht mir! Was will ich mehr? Wann du mir noch Ruh gebn würdest, wär ich glücklich!"
„Ja, ja, nur an's Fressn denkn, aber des wird schon noch immer weniger werdn, das sag ich dir, wir werdn schon wieder schlangenstehn wie im achtzehner und im neunzehner Jahr. Damals hab ich mir gschworn, das mach ich nimmer mit, so ein Affentheater!"
„Es ist halt so, wie es ist, wir werdn das auch überlebn!"
„Na, ich ned, ich tät lieber heut als morgn sterbn!"
„Das hab ich auch schon hundert Mal gehört, ich will nimmer streitn, ich geh schlafn."
„Ja, geh nur, schlaf, schlaf, du unmöglicher Mensch, du ..."

Friedl hätte eigentlich zufrieden sein können. Hans hatte eine andere Arbeit als Buchhalter bei einer Elektrofirma in Siebenhirten bekommen, er verdiente nicht schlecht. Sie hätte es als persönlichen Erfolg werten können, wenn er nicht durch Beziehungen vermittelt worden wäre. Das Haus erwies sich als gut bewohnbar, der Garten war sehr schön. Und wenn der Mietvertrag nicht ebenfalls durch diese Beziehungen zustandegekommen wäre, hätte sie ruhigen Gewissens darin wohnen können. In welche Richtung

sie auch dachte, immer gab es eine Einschränkung, die ihr die Freude an einer Sache nachhaltig verdarb.
Aber es waren nicht mehr nur diese persönlichen Empfindungen, die sie so sehr beeinträchtigten. Im April begannen die Luftangriffe auf Wien. Auf Häuser und Straßen wurden weiße Pfeile gemalt, um die Luftschutzkeller zu bezeichnen. Die Kellerfenster der Häuser wurden mit Sandsäcken als Splitterschutz verdeckt. Wassereimer zum Löschen und Werkzeuge zum Graben nach Verschütteten waren bereitzustellen.

Friedl beobachtete Hans durch das Küchenfenster. Er schaufelte Sand in Säcke, die der Bub aufhielt. Es schien für beide ein Spiel zu sein. Sollten sie nur machen, ihr war es egal. Sie würde nicht in den Keller gehen. Zwar hörte man von schrecklichen Auswirkungen der Bombentreffer. Mehrstökkige Häuser fielen in sich zusammen und begruben die Leute, die im Keller waren, unter sich. Es wurden Krater in Straßen und Plätze gerissen, Strom- und Gasleitungen zerfetzt. Angst breitete sich in der Bevölkerung aus.
Seit vielen Tagen fühlte sich Friedl sehr schlecht, und sie war äußerst nervös. Am Pfingstsonntag stand sie schon zeitig auf, um das Frühstück herzurichten. Dann befahl sie dem Buben, sich fertigzumachen. Auf der Straße nahm sie ihn an der Hand, worüber er sich genierte, denn er fühlte sich ja erwachsen, und mit energischen Schritten machte sie sich auf den Weg nach Atzgersdorf, den Buben neben sich herziehend. Sie wollte noch einmal das Haus sehen, die Kirche, den Friedhof, die Fabrik und den Bahnhof, wollte es noch einmal in ihr Gedächtnis prägen, und zwar unversehrt.

„Da schau her, das ist die Fabrik, da hab ich gearbeitet, da drinnen ist der große Hof, siehst, und da hinten ist mein Vater gstandn und ich hab hinübergerufen, daß ich in der Niederlage in Wien arbeiten werd, im achter Jahr war das, mein Gott, wo ist die Zeit hinkommen! Sechzehn Jahr war ich damals, viel habn wir ja auch ned ghabt, aber so wie heut, nein, so war's ned. – Siehst, und da, gleich gegenüber, sind die Häuser, es warn schöne Wohnungen, und was warn wir froh, wie wir aus dem zweiten Bezirk habn herziehen können. – Da hinten, im zweitn Haus war's, und da im Hof war der Hasnstall, da hat der Hund immer gebellt wie verrückt, wenn ich mit ihm vorbeigangen bin, die Hasn hat er ned riechn können. – Hinaufgehen tu ich ned, es wohnen sicher nur mehr fremde Leut herinnen, ich will eigentlich niemanden sehn. – Komm, jetzt gehn wir in die Kirchn und dann auf'n Friedhof, ich muß noch einmal nach dem Grab schaun. – Mein Gott, ist das angenehm kühl herinn, komm, bleibn wir ein bißl sitzen, mir tun schon so die Füß weh."

„Mama, ..."

„Pscht, sei ruhig, in der Kirchn redet man ned. Wir gehn eh schon wieder. – Schau den Knotzenbach an, es ist genug Wasser drinn. Das hat oft eine Überschwemmung gebn, und wir sind immer schaun gangen. Der Hund wär am liebsten hineingsprungen, der war gern baden. – Na, und da hinten steht die Schul, wo wir nach dem Brand haben wohnen müssen. Es war ein Glück, daß es im August gwesen ist, wo die Kinder noch zu Haus warn. Das werd ich mein Leben nicht vergessen, alles ist naß gwesen, die Wäsch war angschimmelt, alles haben wir waschn müssn. Und das Ärgste war, daß die Sachn, die am Dachboden warn, verbrennt sind. Heut tät ich manchmal gern in die Theaterpro-

gramme blättern, meine Schulhefte warn im Korb, die Briefe vom Papa und von mir, die wir uns gschrieben habn, was man halt so sammelt, wenn man jung ist. – Die Stiefmütterln sind schön am Grab, mein Gott, bin ich froh, daß meine Leut des alles nimmer erleben müssn. Es reicht ja, wann wir drankommen. Ich frag mich nur, warum der Herrgott so ein Elend zulaßt. Der Engel ist auch schon wieder voll Moos, den muß ich wieder putzn, aber heut ned, heut bin ich zu müd."
„Mama, ich hab so einen Durst."
„Ja, komm, wir gehn jetzt eh wieder heim."

Sie kamen erst am späten Nachmittag wieder nach Hause. Für den Buben war es das erste Mal in seinem Leben, daß sie Sonntag mittags nicht gekocht hatte.

Am nächsten Tag erfolgte ein Luftangriff auf Wien und die Umgebung. Hans war mit dem Buben nach Wien in den Botanischen Garten im Belvedere gefahren. Gegen zehn Uhr begannen plötzlich die Sirenen zu heulen. Hans stand einen Moment lang unschlüssig da. Als er aber sah, daß andere Menschen zu laufen begannen, nahm er den Buben beim Arm, und sie rannten auch, durch den Park am Schloß vorbei hinaus auf die Prinz Eugen-Straße und in die Argentinierstraße. Weiter kamen sie nicht, in der Nähe des RAVAG-Gebäudes mußten sie in einen Keller hinunter. Der Bub richtete ängstliche Fragen an Hans, die dieser aber nur kurz und unzureichend beantwortete. Nach einer endlos scheinenden Zeit durften sie wieder auf die Straße und machten sich auf den Heimweg. Sie kamen aber nur mit einigen Verzögerungen wieder nach Hause, ab Mauer mußten sie zu Fuß über den Kaisersteig gehen, da die Linie 60 ausgefallen war. Sie sahen auch die ersten Bombentrichter und beschädigte Häuser, die Oberleitung der Straßenbahn war heruntergerissen.

Später hörten sie, daß Friedls ehemaliges Wohnhaus in der Feldgasse von einer Bombe getroffen worden war, die bis in den Keller durchgeschlagen war und es völlig zerstört hatte.

Sie gewöhnten sich an den Aufenthalt im Keller nach dem Heulen der Sirenen. Nun ging Friedl doch, aber vorwiegend deshalb, weil sie die ewigen Streitereien mit Hans satt hatte. Einmal hatte sie während eines beginnenden Angriffs bei offenem Küchenfenster weitergekocht. Sollte sie das kostbare Essen verkommen lassen? Brüllend hatte Hans ihr klargemacht, daß sie in den Keller zu gehen habe, er sei immerhin Luftschutzwart, seinen Anweisungen habe auch sie Folge zu leisten. Bissig fragte sie ihn, ob ihm an ihrem Überleben so viel gelegen sei, oder ob er nur wieder einmal seine Wichtigkeit unterstreichen wolle. Währenddessen dröhnten die Flugzeuge bereits über das Haus, man konnte das Grollen und Bersten der Einschläge hören. Hans zerrte sie am Arm die Kellertreppe hinunter. Wenn sie die Hand an die Kellermauer legte, meinte sie, ein Vibrieren der Erde zu spüren, aber sie konnte sich auch täuschen. Aus den Mauerfugen rieselte der Staub, Friedl hustete, sie tat es gerne und laut, mit bösen Seitenblicken auf Hans, der vor sich hinstarrte. Das hatte sie unter anderem ihm zu verdanken, daß sie hier sitzen und husten mußte. Jetzt sollte er nur an seiner Verantwortung tragen, er hatte sie sich aufgebürdet, freiwillig und im Unverstand. Sie wollte kein Mitleid mit ihm haben.

Nach der Entwarnung lief Hans immer als erster hinauf und um das Haus, um nach Schäden zu sehen. Später wurde zuerst er und dann auch der Bub für Räumungsarbeiten eingeteilt. Dann rannten beide zu den Sammelstellen, wo sie zu beschädigten Häusern geschickt wurden, um Verletzte und auch Tote zu bergen.

Als im Herbst der Kuckucksruf im Radio eingeführt wurde, funktionierte die Sache reibungsloser. Auf einer besonderen Frequenz hörten sie Anflugsmeldungen im Radio ab. Hans hatte sich in der Firma eine Karte von Wien und Umgebung beschaffen können, die mit einem speziellen Raster überzogen war. Er hatte auch von einem Kollegen eine maschingeschriebene Liste mit dechiffrierten Codebezeichnungen bekommen. „Dora Nordpol fünnef fünnef" waren die Koordinaten von Perchtoldsdorf und Umgebung. „Dikke Reisekoffer" waren Bomber, „Zigeuner" waren Jagdflieger, und „Sonnenblume" bedeutete Bombenabwurf. Vater und Sohn saßen neben dem Radio und waren in die Landkarte vertieft, während Friedl an ihrer Wut fast erstickte.

An einem Tag im September wurde um die Mittagszeit wieder ein schwerer Angriff gegen das Industrieviertel und die Eisenbahn geflogen. Hans war in der Fabrik, der Bub in der Schule. Die Leute vom ersten Stock waren sofort in den Keller gerannt, als der Alarm kam. Friedl war allein, sie lief von einem Fenster zum anderen und öffnete es. Beim Küchenfenster blieb sie stehen. Sie stellte sich in die Nische neben dem Fenster. Das schrille Pfeifen der fallenden Bomben mischte sich mit einem entsetzlichen Krachen in unmittelbarer Nähe des Hauses, Friedl wurde von der Druckwelle an die Mauer gestoßen, der Boden unter ihren Füßen bewegte sich wellenförmig, aus der Kredenz fielen einige Gläser heraus. Sie hatte das Gefühl, keine Luft zu bekommen und nichts mehr zu hören, und sie ließ sich einfach zu Boden gleiten. Die Flugzeuge dröhnten weiter über das Haus weg, und erst nach einiger Zeit wagte sie, wieder aufzustehen. Obwohl noch keine Entwarnung gegeben war, ging sie vors Haus. Die Bombe war schräg gegenüber in die Straßenmitte gefallen und hatte dort einen Krater von mindestens zehn Meter Durchmesser geschlagen. Der Garten war übersät mit Steinen und Erdbrocken, sie lagen auch auf den Krautköpfen, von denen etliche zerschmettert waren. Als sie dann in Richtung Stadt schaute, sah sie eine grauschwarze Rauch- und Staubwand, ihr Herz begann zu schmerzen, denn plötzlich dachte sie an den Buben, der hoffentlich im Stollen im Maurer Berg gewesen war. Ein Nachbar, der auf dem Fahrrad vorbeisauste, rief ihr zu, daß Siebenhirten schwer betroffen sei. Mein Gott, der Hans, dachte sie, und sie begann, am ganzen Körper zu zittern.

Nach einer ihr ewig erscheinenden Zeit sah sie den Buben den Berg heraufkeuchen. Wie üblich war er nach der Entwarnung im Laufschritt nach Hause gerannt, gepeinigt von der Vorstellung, daß, wenn er über den Hügel käme, das Haus nicht mehr stünde. Und jedesmal fühlte er den brennenden Schmerz der zurückgehaltenen Tränen im Hals, wenn er das Haus noch sah, oder, wie jetzt, die Mutter lebend davor stehen. Friedl nahm ihn hart an der Schulter, sie sprachen nicht, hätten auch nicht gekonnt. Diesmal ließ sie ihn nicht zum Sammelplatz gehen, sondern nahm ihn bei der Hand, und gemeinsam gingen sie nach Siebenhirten, um den Vater zu suchen.

Es hatte eine unbeschreibliche Zerstörung stattgefunden. Bei der Rotkreuz-Sammelstelle angelangt, standen sie zuerst stumm vor Entsetzen herum, wandten sich dahin und dorthin, vollkommen ratlos, bis Friedl endlich nach Hans zu fragen begann. Eine Hilfsschwester sagte ihr, sie solle mit dem Buben nach Hause gehen, der Keller der Fabrik habe einen Volltreffer erhalten und es würde Stunden dauern, bis man wüßte, wen es erwischt habe.

Zermürbt von den Ereignissen der letzten Stunden machte sich Friedl auf den Heimweg, hin- und hergerissen zwischen Verzweiflung und einem Hoffnungsschimmer, an den sie beide glauben wollten, vor allem der Bub, und sie hielten einander immer noch an der Hand.

Als sie endlich müde und erschöpft um die letzte Ecke bogen, die sie vom Haus trennte, kam ihnen Hans entgegen. Er war durch Zufall in einem anderen Keller gewesen, zu dem der Eingang verschüttet worden war. Bis auf eine leichte Verletzung am Kopf war ihm aber nichts passiert. Etwas war zwischen ihnen, als sie einander gegenüberstanden. Es war ein Gefühl der Hilflosigkeit, der nackten Angst vor dem Tod und gleichzeitig der wütenden Erleichterung, und es war so überwältigend, daß sie es alle drei fühlten. Friedl ließ die Hand des Buben los, sie wandten sich voneinander ab und gingen ihren Weg weiter nach Haus. Aber die Spannung entlud sich in einem heftigen Streit.

„Wo rennt's denn herum?“

„Was heißt, wir rennen herum? Wir suchen dich wie die Wahnsinnigen und findn dich nirgends! Ich weiß überhaupt ned, was ich sagn soll, alles ist hin, alles ist hin!"
„Ich hab dir schon so oft gesagt, du sollst daheim bleibn, das ist nichts für dich! Es reicht, wenn wir raus müssn!"
„Was heißt müssn, ihr habt's euch das ja ausgsucht, ihr habt's das ja habn wolln!"
„Red kein Blödsinn, Mama, die andern führn Krieg gegn uns, ned wir, das siehst und hörst ja!"
„Ach so, wer ist denn im 39er Jahr in Polen einmarschiert?"
„Das warn ganz andere Gründe, das verstehst du ned!"
„Ha, ha, nichts versteh ich! Ich versteh nur, daß rundherum alles hin ist, und ich weiß nur, daß das alles in einer schrecklichen Katastrophn endn wird für uns alle!"
„Komm und geh in die Küch, und statt Schwarzmaln koch uns lieber an Kaffee."
Von da an ging Friedl mit einem fertig gepackten Koffer, der einige wichtige Dinge enthielt, bei jeder Vorwarnung über eine halbe Stunde lang an der Kaltenleutgebener Bahn entlang in den Stollen in der Mitzi Langer-Wand. Ihr Widerstand schien gebrochen. Sie ging stur und ächzend diesen Weg, immer wieder, manchmal umkehrend, wenn nach der Entwarnung gleich wieder Alarm gegeben wurde, manchmal auch zweimal am selben Tag. War der Bub wegen des immer häufiger entfallenden Unterrichts zu Hause, trottete er neben ihr her. Ab Dezember gab es keinen Schulbetrieb mehr und sie mußte nicht mehr befürchten, daß das Kind nicht rechtzeitig in Sicherheit gebracht würde.
Weihnachten war ein kümmerliches Fest, wenn man es

überhaupt als Fest bezeichnen konnte. Herausragend an diesem Tag war nur ein Streit zwischen Hans und Friedl, der mehrere Stunden dauerte.

Die Auseinandersetzungen zwischen ihnen hatten sich in eine Uferlosigkeit gesteigert. Sie prügelten einander mit Worten, sie bissen mit geifernden Kiefern, schrien sich heiser, die Arme erhoben zum Schlag, die Fäuste geballt. Etwas stand noch zwischen ihnen, daß sie einander nicht umbrachten, sich nicht umfaßten wie im Liebestaumel, um den anderen zu schütteln und zu würgen, den letzten Hauch auszupressen, die eigene Meinung hineinzudrücken, hinein in die Abwehr, und damit den Mund verschließend, ein für alle Male. Die Taten geschahen symbolisch, bei Hans auf dem Hackstock mit der Axt, und bei Friedl mit dem Fleischhammer, mit dem sie Kerben ins Brett schlug vor Wut. Nicht zu vergessen natürlich den Buben, den sie ohrfeigte, daß ihm die Ohren schmerzten. Und allmählich gab es kein Erwachen mehr aus diesen Vorgängen, sie hatten das Schöne, das Leichte vergessen, jede Lebensregung war schmerzhaft gebunden an den anderen, jede Bewegung tat weh. Durch die Umstände und durch ihr Verhalten war die Poesie vollends aus ihrem Leben gewichen, kein bißchen Leichtigkeit mehr vorhanden, kein Blick, keine Zärtlichkeiten, keine Berührungen, nichts mehr miteinander, nur nebeneinander, fremd, kalt, hart.

1945

Am 12. März wurde die Staatsoper von einer Bombe getroffen und brannte aus.
Die Schlacht um Wien war am 13. April zu Ende.
Die anschließende Einquartierung von Soldaten in private Häuser in der russischen Zone war rasch und ohne Rücksichtnahme auf persönliche Verhältnisse vorgenommen worden.

Es war Ende Februar, eiskalt, windig und dunkel. Der Bub war eben nach Hause gekommen und erzählte, daß er und seine Freunde von der HJ an die Front müßten. Es war wohl einer der schlimmsten Augenblicke in Friedls Leben. Hans murmelte etwas von „Kindern“ vor sich hin, er schaute irritiert zu ihr, denn sie sagte nichts.
Friedl ging mit kleinem, schwankendem Schritt zum Herd, auf dem eine Handvoll Kartoffeln kochte. Dann sagte sie mit gebrochener Stimme: „Mein Gott, der Fuß tut mir weh, der Fuß, nein, des sind Schmerzen, mein Gott, was mach ich nur mit dem Fuß.“
Hans mußte zum Volkssturm, hatte die ersten Belehrungen zum Waffengebrauch schon hinter sich und sollte in den nächsten Tagen einrücken. Er meinte, daß Friedl mit sich beschäftigt sei, und er begann, den Buben auszufragen.
Irgendwo im Burgenland hatte man den Ostwall errichtet. Dieses Bollwerk sollte Wien vor dem Ansturm feindlicher Truppen aus dem Osten schützen, und jeder, der dazu in der Lage war, hatte sich für dieses ehrenvolle und schwierige Vorhaben zur Verfügung zu stellen.
Friedl sagte noch immer nichts. Sie sorgte sich um die Kar-

toffeln, die noch nicht ganz durchgekocht waren, aber mehr Holz konnte nicht verbrannt werden. Hans und der Bub rückten näher an den Herd. Sie teilten die Kartoffeln und aßen sie mit der Schale. Friedl legte noch eine kleine Kartoffel vor den Buben hin, es sollte so aussehen, als habe sie bereits genug gegessen. Dann tranken sie heißen Kräutertee, ein blaßgelbes Wasser, in dem einige Apfelschalen, Hagebutten und wenige Kamillenblüten ausgekocht waren.
Friedl saß die Angst vor dem Verlassenwerden so sehr in den Knochen, ganz nahe war das Gefühl von früher – 1916 – 1918 – 1919 – verstärkt noch durch die Kälte, das wenige Essen. Damals und Jetzt fielen ineinander, sie konnte es nicht auseinanderhalten: Sie werden sterben, tot sein, dröhnte es durch ihren Kopf. Und sie würden irgendwo sterben, sie hätte nicht einmal einen Körper, um ihn zu begraben, nur ein Foto und vielleicht einen Orden. Sie war Hans fast dankbar, daß er sie durch das Einschalten des Radios in die Realität zurückbrachte. Sie sagte auch weiterhin nichts. Sie überlegte, ob es möglich wäre, den Buben im Keller zu verstecken, der Krieg mußte doch irgendwann einmal zu Ende sein. Ein Blick auf die beiden machte ihr klar, daß es ein vergebliches Bemühen sein würde, darüber zu sprechen.
Sie zwang sich dazu, einmal nicht herumzuschreien, immerhin ging es jetzt für sie alle um Leben oder Tod. Sie mußte gründlich überlegen, sorgfältig abwägen, denn sie wurden getrennt und hatten ab dem Verlassen des Hauses keine Möglichkeit mehr, Kontakt aufzunehmen. Anschließend besprachen sie in einem langen und erstaunlich ruhig verlaufenden Gespräch, was in den nächsten Wochen mög-

licherweise auf sie zukommen könnte und wie sie handeln wollten. In unmittelbarer Nähe des Hauses hoben Hilfstruppen Schützengräben aus, die zur Verteidigungslinie des südlichen Wiener Raumes gehörten. Es war also damit zu rechnen, daß das Haus von der Front überrollt würde. Friedl, die allein zurückblieb, würde selbst entscheiden müssen, wann sie das Haus zu verlassen hatte. Sie vereinbarten als Treffpunkt für den äußersten Notfall die Wohnung der Großmutter von Hans' Cousin in Wien in der Arbeitergasse. Die große Stadt mit unzähligen Gassen, Straßen und Kellern würde sicher mehr Schutz bieten.
Friedl blieb allein zurück mit einem gepackten Koffer und einem Rucksack neben der Tür, damit sie das Haus im Notfall innerhalb kürzester Zeit verlassen konnte. Und die Stunden dehnten sich, in denen sie beim Küchenfenster saß, in eine Decke gewickelt, mit den blaurot gefrorenen Fingern mühsam alte Socken auftrennend und den Blick immer wieder aufs Gartentor gerichtet, durch das aber niemand kam. Ebenso endlos waren auch die Nächte, die sie meist schlaflos verbrachte, manchmal weinend und sogar betend. Sie hörte manchmal einen Feindsender ab und war enttäuscht, wie langsam alles ablief.
Aber die Front rückte doch näher, es war Anfang April, und Friedl verschob die Entscheidung von einem Tag zum anderen, ob sie nach Wien gehen sollte oder nicht. Die Verwandten waren unsympathisch, sie konnte die ganze Familie nicht leiden, und nun mußte sie möglicherweise wochenlang mit ihnen zusammensein. Nur wegen des Buben, der dort vielleicht schon auf sie wartete, überwand sie ihre Abneigung und machte sich auf den Weg.

Ab dem 8. April trafen sie nacheinander tatsächlich in der Arbeitergasse ein. Am 13. April war die Schlacht um Wien offiziell zu Ende. Hans erzählte fast nichts von seinen Erlebnissen, und der Bub wenig. Seiner Truppe war nur ein Panzer zur Unterstützung beigestellt worden, der irgendwann ganz einfach weggefahren war und sie alleingelassen hatte. Einige seiner Freunde waren gefallen oder verletzt zurückgeblieben. Er war dann vor der herannahenden Front übers Leithagebirge zu Fuß nach Wien geflüchtet. Friedl wollte auch nicht über ihren einsamen Marsch auf der Breitenfurter Straße mit dem Koffer und dem Rucksack über Schuttkegel, durch Löcher und Dreck, begleitet von Flüchtlingen und Ratten, sprechen.

Sowie die Besetzung Wiens erfolgt und etwas Ruhe eingetreten war, drängte Friedl aufs Nachhausegehen. Zu dritt machten sie sich auf den Weg, den Gürtel hinauf, vorbei an unzähligen zerschossenen Häusern, über Ziegelhaufen, aufgerissene Straßenbahnschienen, unter herabhängenden Stromleitungen nach Meidling. Findige Menschen hatten bereits ein Art Hühnerleiter zum Überqueren der Bahngleise bei der zerbombten Philadelphiabrücke gebaut. Sie kletterten also auf der einen Seite hinunter und auf der anderen hinauf, um auf der Breitenfurter Straße wieder Richtung Liesing zu gehen.
Wie groß war zuerst ihr Erstaunen und dann auch die Freude, als sie totmüde und verzweifelt um die Ecke bogen und das Haus unbeschädigt vor ihnen stand. An der Verteidigungslinie war nicht gekämpft worden, kein Fenster war kaputt, kein Schloß aufgebrochen. Sie fühlten sich ein klein wenig entschädigt für all die Angst, die sie in den letzten

Wochen ausgestanden hatten, wenigstens ihr Hab und Gut war unversehrt.

Bald darauf wurden die ersten russischen Soldaten bei ihnen einquartiert. Friedl nahm sich vor, keine Angst zu zeigen. Sie hatte von Vergewaltigungen gehört, und sie erstarrte zuerst jedesmal innerlich, wenn sich ihr einer der Männer näherte. Es wurde auch in Gegenwart von Ehemännern und Kindern vergewaltigt, und Alter und Aussehen oder Schwangerschaft waren kein Grund, daß es nicht geschah. Vielleicht lag es an Friedls Blick, daß sie im Zaum gehalten wurden, daß sie sogar eine gewisse Scheu vor ihr hatten. „Mamuschka gutt", meinten sie mit beschwichtigendem Lächeln, wenn sie am Herd standen und ihr Essen kochten. Friedl hatte ihre Angst bald verdrängt und sparte nicht mit giftigen Bemerkungen. Die Russen verstanden nicht, was sie sagte, doch konnten sie offensichtlich den Sinn erraten. Als sie einmal während eines Abendessens den Lauch aus der Suppe unter wilden Gesängen an die Küchenwand warfen, verlor sie die Beherrschung und schrie hysterisch herum, und die jungen Männer putzten lachend die Wand ab. Sie stanken nach Schweiß, Zwiebeln und Dosenfisch, abends auch noch nach Schnaps. Wenn sie getrunken hatten, waren manche von ihnen unberechenbar, heimtückisch und auch aggressiv. Sie sangen laut und trampelten mit den Stiefeln auf den Boden. Dann war es besser, sich im Zimmer einzuschließen und es nicht mehr zu verlassen.

„Hör auf, Mama, ich bitt dich, die erschießen uns noch einmal alle, wann du ned aufhörst!"

„Die solln ned mit die dreckigen Stiefeln in meiner Kuchl herumtrampeln, sonst werd ich noch narrisch! Und mich solln's ruhig erschießn, weil ich hab genug, ich will nimmer!"

„Ja, hör trotzdem auf Mama, ich kehr den Dreck schon hinaus. – He, Towarisch, Stiefel, da – nix gut. – Na, siehst, er lacht, das sind eh gute Bubn. Wir müssn froh sein, daß wir's habn, weil sonst hättn wir überhaupt nichts zum Essen."

„Daß du alleweil nur ans Essn denkn kannst! Denk lieber nach, wo du eine Arbeit findst und wo wir ein Holz herkriegn, des brauchn wir nämlich, deine Sprüch brauchn wir ned. Sprüch hast du nämlich zwanzig Jahr lang gmacht, nur bracht haben's nichts. Der alte Grätzer hat schon recht ghabt, wie er mir gsagt hat …"

„Spar dir das, das hab ich in die zwanzig Jahr tausendmal ghört. Ich pfeif drauf, deine ewigen Vorhaltungen, alleweil weißt alles besser!"

„Na, und hab ich ned wieder recht ghabt? Im Dreck steckn wir, anstelln gehn wir, Brot gibt's keines und ich muß für die Fischkonserven von die Russenbubn dankschön sagn. Und alles wegn dein Hitler!"

„Hör auf, die verstehn womöglich, was wir redn!"

„Das ist mir wurscht, was die verstehn!"

„Daß du immer streitn mußt!"

„Ich streit ned, du streitst, weil mit dir kann man ja nimmer redn, schon seit Jahre nimmer, überhaupt seit dem 38er Jahr!"

„Willst mir jetzt für den Rest von mein Leben vorhaltn, daß ich damals das Beste wolln hab für euch?"

„Das sieht man ja, was des Beste gwesn ist, da brauch ich

nur beim Fenster auße und in den Bombentrichter eineschaun, dann weiß ich's ganz genau!"
„Mit dir kann man nimmer redn, ich geh!"

Gütertransporte wurden mit der Straßenbahn und mit Handwagen durchgeführt, weil es fast keinen intakten LKW mehr gab. Lebensmittel und Kleider waren streng rationiert. In Parkanlagen und auf jedem Fleck Erde wurden Kartoffeln und Gemüse angebaut und auch Tote bestattet. Die Zeit lag weiter wie ein Alptraum auf Friedl, und anstatt ein Gefühl der Erleichterung zu empfinden, daß der Krieg vorbei und die Befreier da seien, fühlte sie nur die neuerliche, zwanghafte Situation, die sie vollkommen einengte. Jeden Morgen, wenn sie sich müde und bleiern aus dem Bett wälzte und ihre wassergefüllten, von daumendicken, blauen Krampfadern durchzogenen Beine bandagierte, wünschte sie sich zu sterben. Sie litt unter ständigen Schwindelanfällen und Kopfschmerzen, weigerte sich aber, zu einem Arzt zu gehen. Ihren Dr. Grünzweig hatte man wahrscheinlich vergast und zu einem anderen ging sie nicht und damit basta, das hatte sie Hans schon vor Jahren gesagt, und was sie einmal sagte, dabei blieb sie, wenn es auch zu ihrem Nachteil war.
Vordringlichstes Problem war die Ernährung. Die Russen waren gutmütig und gaben von ihrem Essen meistens etwas ab. Kraut und Kartoffeln schwammen im Schmalz, und sie bekamen Bauchschmerzen, da ihre Körper an diese Fettmengen nicht gewöhnt waren. Vor allem der Bub war immer hungrig und ein dankbarer Abnehmer für Sonderrationen. Am Abend schlich er nach draußen und sammelte Fischkonservendosen ein, die die Russen wegwarfen,

wenn die Öffnungslasche abriß, denn dann war die Dose „kaputt".
Er hatte aber noch einen Weg gefunden, die Essensmenge zu vergrößern. Auf der an den Garten angrenzenden Wiese sammelten die Russen Autos, LKWs, Maschinen und allen möglichen Plunder. Die Sachen wurden in Teile zerlegt, die sie auf Haufen schlichteten, um sie nach Rußland abzutransportieren. Mehrmals wöchentlich kam ein LKW der Russen und brachte die Verpflegung. Das Brot war hinten auf der Ladefläche des Wagens aufgetürmt. Der Bub mußte nur hingehen und eines wegnehmen. Jedesmal empfand er Todesangst, möglicherweise würden sie ihn erschießen, obwohl er ein Kind war. Hans war stolz auf den Buben, aber Friedl war böse. Weit hatten sie es gebracht. Der Mann war als Nazi registriert und arbeitslos, das Kind ging nicht zur Schule und stahl. Und was sich sonst noch rundherum abspielte, daran mochte sie gar nicht denken.

Im Herbst wurden die Soldaten ausquartiert, und sie bekamen zwei russische Offiziere ins Haus, einen Mann und eine Frau. Der Mann sprach etwas Deutsch, er war freundlich und unterhielt sich oft mit dem Buben. Er erzählte ihm von Moskau und Rußland, lehrte ihn die russischen Buchstaben schreiben und einige Sätze sprechen. Er schien interessiert zu sein, das Bild, das sie sich von seinen Landsleuten gemacht hatten, etwas zurechtzurücken. Er war immer sauber und korrekt gekleidet und rasiert. Die Frau dagegen war unfreundlich und bissig, sie hatte stechende Augen und ein ausdrucksloses Gesicht und gab sich niemals mit ihnen ab.

Viel zu schnell waren die letzten Dosenfische und der letzte

Bissen schimmelnden Brotes aufgegessen gewesen. Von den Russen bekamen sie nur mehr ab und zu etwas zu essen, und das reichte nicht aus. Hans stellte sich tagsüber um Lebensmittel an oder fuhr mit dem Leiterwagen, um Holz zu sammeln. Das bißchen Obst und Gemüse, das sie im Garten geerntet hatten, wurde streng eingeteilt, denn es sollte bis in den Winter reichen.

Der erste Schnee fiel und mit der Kälte kamen auch die Krähen. Eines Tages hatte Hans eine Idee, wie man den Speiseplan etwas aufbessern könnte. Er öffnete das Küchenfenster, legte sorgfältig eine Schlinge aus, bedeckte sie mit feinem Schnee und plazierte ein Brotbröckchen in die Mitte. Dann lehnte er das Fenster wieder an und setzte sich dahinter auf die Lauer. Die Krähen waren klug. Sie umstelzten die Falle mit vorsichtigen Schritten, die Federn gespreizt, den Kopf geneigt und die schwarzen, glänzenden Augen fragend auf das halb geöffnete Fenster gerichtet. Sie waren aber nicht nur klug, sondern auch blitzschnell. Stets gelang es ihnen, den Brocken, der so verlockend dalag, mit einer raschen Bewegung zu erhaschen, dann sprangen sie geschickt zur Seite. Die Schlinge zog sich zusammen und war leer. Fluchend und schimpfend lehnte Hans sich wieder beim Fenster hinaus, um ein neues Brotstück auszulegen, aber kein Vogel ging in die Falle.

1946

Im Mai dieses Jahres wurden die Lebensmittelrationen nochmals gesenkt, und zwar auf 800 bis 900 Kalorien pro Tag und Person. Die Hilfs- und Wiederherstellungsverwaltung der UNO, die UNRRA, versprach Hilfe für Österreich, da „das österreichische Volk zu jenen Völkern der Welt zählt, die dem Niveau des Hungertodes am nächsten sind" (Zit., La Guardia, Generaldirektor der UNRRA am 2. Mai 1946).

Der Bub ging wieder in die Schule. Es hatte sich alles verändert. Wegen des akuten Lehrermangels hatte man alles an die Schulen geholt, was unterrichten konnte. Aber viele Burschen wollten nicht mehr unterrichtet werden. Noch vor kurzer Zeit waren sie in den Schützengräben gelegen und nun kam ein Lehrer und meinte, sie sollten nicht schwätzen. Die Buben kugelten sich vor Lachen, sie brüllten „Heil Hitler", daraufhin wurden alle ins Klassenbuch eingetragen, ja, eintragen, eintragen, schrien sie. Was machte es aus, im Klassenbuch eingetragen zu sein, wenn man dem MG-Feuer entkommen war, wenn die Bombe im Nachbarhaus explodiert war und nicht im eigenen. Was überhaupt im Leben würde nochmals so sein, wie das Erlebte, das hinter ihnen lag. Es würde sie nichts mehr in Schrecken versetzen, sie würden keinen Respekt mehr haben, vor nichts und niemandem.
Der Bub war 15 Jahre alt, hatte aber die Zeit seiner Kindheit schon eine Ewigkeit hinter sich gelassen. Wo war der

blühende Sommergarten, wo die Erdbeeren mit Zucker und der Guglhupf mit Kakao am Sonntag? Wo war der Vater, der mit ihm zum Bahnschranken in Atzgersdorf gegangen war, um die Züge vorbeifahren zu sehen? Und wo war die Mutter, die damals wenigstens ab und zu ein gutes Wort für ihn gefunden, die Essen gekocht und sein Leben bestimmt hatte?

Warum war aus seinen Spielen blutiger Ernst geworden, hatte man in den letzten Kriegstagen zwei seiner Freunde erschossen, und wofür sollte der Vater jetzt bestraft werden? Warum hatte man seine Welt kaputtgemacht und hatten die Eltern erlaubt, daß man auch ihn kaputtmachte, sie hatten doch früher immer auf ihn aufgepaßt. Warum stritten sie unausgesetzt miteinander, sahen sie nicht, daß er jemanden brauchte, an den er sich lehnen konnte? Aber Friedl und Hans konnten sich nicht viel um ihn kümmern. Lerne, hieß es immer wieder, lerne. Und wenn er eine schlechte Note nach Hause brachte, drohten sie ihm mit der Hilfsarbeiterzukunft.

Sie hatten vordringlichere Probleme. Die NSDAP war im Mai 1945 verboten und eine Registrierungspflicht für alle Mitglieder angeordnet worden. Über 500.000 Personen waren als Nationalsozialisten registriert und wurden in Klassen eingestuft: Kriegsverbrecher – strafrechtlich zu Verfolgende – Belastete – minder Belastete.

Nachdem Hans Parteimitglied gewesen war, hatte er Sanktionen zu befürchten. Diese Tatsache wurde zwischen ihnen heftigst diskutiert, und Friedl sparte bei diesen Gelegenheiten nicht mit haßerfüllten Anklagen und Erinnerungen an ihre Worte, wie sehr sie ihn gewarnt hatte und wie widerwärtig er ihr sei, weil er sich nie habe leiten lassen, nicht von ihrem Verstand und schon gar nicht von ihren Ahnungen.

Hans hatte Angst davor, verhaftet zu werden. Um sich abzulenken, schuftete er im Garten. Er erntete haufenweise die Blätter der Rosensträucher ab und zog sie auf Fäden zum Trocknen. Zerhackt und mit Zeitungspapier gewickelt ergab das brauchbare Zigaretten, die er ununterbrochen rauchte, auch wenn die Blätter fast noch grün waren. Manchmal wurde er zwangsweise zu Aufräumungsarbeiten befohlen, dann fuhr er wieder mit dem Leiterwagen herum, um Brennholz zu sammeln. Es war eine harte und schwere Arbeit, aber er scheute sie nicht, wenigstens war er nicht zu Hause und hatte seine Ruhe. Zwischendurch ging er nach Wien und besuchte Bekannte, er brauchte dringend eine Anstellung, alles wäre ihm recht gewesen. Aber man war mißtrauisch und wagte sich nicht an politische Stellungnahmen. Vergeblich waren daher seine Bitten, und sein Erinnern an die gemeinsame politische Vergangenheit wurde entrüstet abgelehnt, vielleicht wäre er „so einer" gewesen, man selber aber nicht. Er war fassungslos, verstand die Welt nicht mehr.
Wenn nur Friedl ihm nicht ununterbrochen Vorwürfe gemacht hätte. Er mußte schon deswegen Arbeit finden, um ihr zu entgehen. Es war nicht auszuhalten. Und dabei gab es so viele nette Frauen, die einem Mann nicht ununterbrochen das Leben schwer machten. Er sehnte sich manchmal nach einer strammen Frau mit dicken Brüsten und einem festen Hinterteil, er hatte schon lange keine mehr gehabt. Er erinnerte sich an seine Mitarbeiterin in der Beitragsinkassostelle, sie hatten es im Büro in der Mittagspause im

Abstellraum gemacht, es war wahnsinnig aufregend gewesen. Kalter Schweiß stand auf seiner Stirn, er dachte weiter an Friedl, und die Spannung verließ ihn. Nun, er würde wieder eine Frau finden, die zu gebrauchen war, er war sich dessen sicher.

Friedl war es vollkommen egal, ob er zu Hause war oder nicht. Eigentlich war es ihr lieber, wenn er weg war. In der letzten Zeit genierte sie sich fast vor ihm, weil ihr die Hausarbeit nur mehr quälend langsam von der Hand ging. Er sollte nicht merken, wie schlecht sie sich fühlte. Außerdem hätte er ihr nur gesagt, sie solle zu einem Arzt gehen. Weder hatte er ihr bei der Arbeit geholfen, noch kam er ihr gefühlsmäßig entgegen. Sie wußte schon lange, daß er ab zu andere Frauen gehabt hatte, und vielleicht war dies das Recht eines Mannes, wenn die eigene Frau seinen Wünschen und Vorstellungen nicht entsprach. Sie hatte wahrscheinlich niemals entsprochen, oder vielleicht doch, vor vielen Jahren, am Anfang ihrer Beziehung, da hatte er sie doch geliebt und sie ihn auch gemocht. Manchmal dachte sie, daß es von ihrer Seite aus nur Mitleid gewesen war, daß sie ihn geheiratet hatte. Und von seiner Seite konnte es Berechnung gewesen sein, so wie es ihm damals schlecht ging, ohne Familie, Arbeit und Wohnung, ohne Essen und Kleidung. Sie fuhr sich mit der Hand über die Augen. Es war letztendlich ohne Bedeutung, und sie vergeudete mit dem Nachdenken über unabänderliche Dinge nur kostbare Zeit, in der anderes zu erledigen war.

Wochen später erhielten sie die Räumungsklage. Der Hausbesitzer hatte sie eingereicht, und es waren sehr viele häß-

liche Worte gefallen. Es war die Rede von Nazis und Vertreibung, von Juden und Partei und Beziehungen zum Gauleiter-Stellvertreter und einem Blutordensträger, der noch dazu Hans' Verwandter war.
Friedl war ehrlich zu sich selbst und gab denen Recht, die sagten, sie hätten das Haus nur bekommen, weil Hans seine Beziehungen gehabt hatte. Es würde einen Prozeß geben, und es war fraglich, ob Hans würde beweisen können, daß er nur ein minder zu belastendes Parteimitglied gewesen war. Und einige Nachbarn würden bezeugen, daß er das Haus zum Führergeburtstag sorgsam geschmückt hatte. Aber Hans würde darum kämpfen, er würde alles daransetzen, um den Prozeß zu gewinnen, denn er war noch immer überzeugt, im Recht zu sein.

1948/1949

Im April 1948 beschloß der Nationalrat die lange erwartete Amnestie für minderbelastete Nationalsozialisten. Die Mehrheit der registrierten Österreicher, über 480.000, wurden somit als Mitläufer angesehen und von Sühnefolgen befreit.
Es starben Richard Tauber im Jänner 1948 in London, Franz Lehar im Oktober 1948 in Bad Ischl, Maria Cebotari im Juni 1949 und Edmund Eysler im Oktober 1949 in Wien.

Ein Bekannter hatte Hans stundenweise Arbeit als Buchhalter vermittelt. Wenn er nun noch den Prozeß gewann und der Mietvertrag für das Haus bestehen blieb, dann war alles in bester Ordnung. Wie es allerdings finanziell weitergehen sollte, wußte er nicht, denn die Gerichtskosten waren hoch. Es wäre wohl besser gewesen, den Buben arbeiten zu schicken, das Baugewerbe brauchte dringend Leute. Aber Friedl war dagegen. Sie träumte noch immer davon, daß er es besser haben solle im Leben als sie beide, mit Matura käme man weiter. Bildung, Lernen, das war ihr ständiges Gerede. Nun, dann sollte sie auch zusehen, daß er es schaffte. Aber Friedl kümmerte sich um nichts mehr, ließ den Buben machen, was er wollte, und lernte nicht mehr mit ihm. Sie beschwerte sich ständig über die Zustände, daß sie es nicht mehr aushalte und daß sie krank sei. Dazu kamen noch die Anschuldigungen gegen ihn. Aber er würde ihr schon zeigen, daß er den Karren aus dem Dreck ziehen konnte, wenn sie auch immer nur behauptete, er habe ihn von Mal zu Mal tiefer hineingefahren. Diesmal würde sie nicht Recht behalten. Sie sprachen kaum mehr miteinander, und wenn, dann waren es nur hingeworfene Satzfragmente, die das Nötigste beinhalteten, oder es gab heftige Auseinandersetzungen. Dazwischen lag oft den ganzen Tag anhaltendes Schweigen.

„Hast mir das Holz gehackt?"
„..."
„Hörst ned, was ich sag?"
„Was ist?"
„Hast mir das Holz gehackt?"
„Ja."
„Na, und wer wird's bringen?"
„Ich geh eh schon."

Friedl hatte sich noch nie so elend gefühlt wie in diesem Winter. Die wühlenden Schmerzen in allen Knochen brachten sie an den Rand der Verzweiflung. Obwohl sie dicke Strümpfe und Socken, die wärmste Unterwäsche und mehrere Jacken übereinander anzog und noch dazu ein wollenes Kopftuch umgebunden hatte, konnte sie sich nicht erwärmen. In der Schürzentasche trug sie ständig Hoffmannstropfen mit sich, nahm sie auch immer öfter ein, aber das Medikament half nicht mehr. Sie hatte immer wiederkehrende, rasende Kopfschmerzen und Herzschmerzen mit Atemschwierigkeiten, Beklemmungen und Todesgefühlen. Die Venenwunde am Bein hatte sich wieder geöffnet, schwärzliches Blut sickerte durch die Verbände. Dieser Schmerz war ein treuer Begleiter, er ließ nie nach, war das Messer im faulen Fleisch, bereitete ein kleine Hölle auf Erden.

Aber sie wollte nicht nachgeben, trotz aller Umstände nicht aufhören, sie trieb sich mit dem ihr eigenen Starrsinn weiter, aufstehen, Feuer machen, anziehen, schauen, daß der Bub in die Schule geht. Weiter, wegräumen, Brösel vom Tisch, Boden kehren, am Türstock lehnen und keuchen. Weiter, Wasser ins Lavoir, ein paar Wäschestücke waschen, in der Küche über der Besenstange aufhängen, in den Keller kann sie nicht mehr. Endlich sitzen, die oben schwimmenden Würmer von den eingeweichten gelben Erbsen abschöpfen, einige Erbsen aufmachen, es sind noch Würmer drin, die Würmer herausputzen, Erbsen in den Topf. Dann kochen und noch ein bißchen sitzen, und dann fest die Zähne zusammenbeißen, damit keiner merkte, wie sie sich fühlt.

Als Hans eines Abends nach Hause kam, fand er sie im Bett liegend. Er konnte sich nicht erinnern, wann dies das letzte Mal der Fall gewesen war. Es mußte ihr also wirklich sehr schlecht gehen.
„Was ist denn los? Warum liegst denn?“
„Nichts ist.“
„Du liegst ja sonst ned im Bett um die Zeit.“
„Mir ist heut ned gut gwesen.“
„Warum gehst ned endlich zum Doktor!“
„Ich brauch keinen Doktor.“
„Wenn dir aber so schlecht ist.“
„Wird schon wieder besser werdn.“
„Vielleicht gibt’s doch irgendwelche Pulver, daß es besser wird.“
„Brauch keine Pulver.“
„Ich weiß eh, daß du eigensinnig bist. Aber wenn’s morgen

ned besser ist, dann hol ich einen Doktor, da kannst machen, was du willst."

Am nächsten Tag konnte Friedl nicht aufstehen, die Lippen waren blau verfärbt, sie rang beängstigend um Luft. Hans holte einen Arzt, ohne sie zu fragen. Der fand ihren Zustand bedenklich und ließ sie sofort ins Spital bringen. Sie fügte sich ohne Widerspruch, ohne Aufbegehren.
Dann merkte sie nicht mehr so richtig, wie die Stunden vergingen und die Tage, Hell und Dunkel reihten sich aneinander und waren für sie schon ohne Bedeutung. Schemenhaft zogen Erinnerungen an ihr vorbei. Welch ein Leben war das doch gewesen. Im Grund genommen hatte es sich nicht gelohnt, so zu kämpfen, sie war immer allein gewesen, keiner hatte sie verstanden, wer daran wohl schuld war. Der alte Kommerzienrat Grätzer hatte ihr eine kleine Chance gegeben, die sie aber nicht richtig genutzt hatte. Sie hätte härter arbeiten müssen als jeder Mann, hätte auf alles verzichten müssen, vor allem auf den Mann und das Kind, dann, vielleicht, wäre es anders gekommen. Einmal im Leben traf man eine Entscheidung, die sich später als unrichtig erwies, aber wie hätte sie wissen können, daß ihr überhaupt keine Entschädigung mehr geboten würde. Sie versuchte, sich Musik ins Gedächtnis zu rufen, aber es war alles so weit weg, und dann fiel ihr ein, daß Wagner jetzt nicht mehr so beliebt war wie noch vor kurzem.
Ob der Bub etwas zu essen bekäme? Hans konnte ja nicht einmal eine Eierspeise machen, abgesehen davon gab es keine Eier. Der Gedanke an das Kind verursachte ein wehes Gefühl, sie konnte überhaupt nichts mehr für ihn tun. Das,

was hier geschah, ließ sich nicht ändern, nicht rückgängig machen, und Friedl wehrte sich nicht dagegen.

Der Bub stand zu Hause beim Stiegenaufgang, als Hans nach Hause kam. In der Hand hielt er ein Telegramm vom Spital, das er ihm kreidebleich vor Entsetzen hinhielt.
„Die Mama ist tot", flüsterte er.
Der Vater sah ihn einen Augenblick lang ausdruckslos an.

„Jessas Maria, was mach ich denn jetzt...", sagte er. Dann wandte er sich um und ging zu den Nachbarn.

„In tiefer Trauer geben wir bekannt, daß
unsere innigstgeliebte Mutter und Gattin

Friederike Barbara ...

nach kurzem, schwerem Leiden am 19. März 1949
im 57. Lebensjahr verstorben ist. Die Beerdigung findet
am 22. März 1949 auf dem Rodauner Friedhof statt.

Die tieftrauernden Hinterbliebenen."

Die strenge Kälte der letzten Wochen hatte nachgelassen, und mit jedem Tag wurde es wärmer.

DIE AUTORIN

Eva Anna Welles wurde im Dezember 1947 in Wien geboren. Nach Beendigung der Schulausbildung arbeitet sie bei verschiedenen Institutionen in Wien, Hamburg und Salzburg; nun lebt sie wieder in Wien und arbeitet in einer wissenschaftlichen Versuchsanstalt. Bereits mit zwölf Jahren kanalisierte sie ihre Phantasie ins Schreiben: erste Gedichte und ein Wildwestroman entstanden. Später folgten dann Märchen, phantastische Erzählungen und vor etwa zwei Jahren der Beginn der Arbeit an diesem Roman. Eva Anna Welles ist Mitglied der Arbeitsgemeinschaft Autorinnen (AGA) und hat Texte in Anthologien des Wiener Frauenverlages (Aufschreiben, 1981; Querflöte, 1984; Im kleinen Kreis. Kriminalgeschichten, hrsg. v. Barbara Neuwirth, 1987; Blaß sei mein Gesicht. Vampirgeschichten, hrsg. v. Barbara Neuwirth, 1988; Häm' und Tücke. Skurriles, Heiteres und Bösartiges von Frauen, hrsg. v. Eva Laber, 1988; „…sah aus, als wüßte sie die Welt…“. Ein literarischer Almanach, hrsg. v. Barbara Neuwirth, 1990) sowie in anderen Verlagen (Weilburg Verlag, Spuren und Zeichen) veröffentlicht.

VERLAGSPROGRAMM / lieferbare Titel

ALLGEMEINE LITERARISCHE REIHE

Barbara Neuwirth (Hrsg.): **„...sah aus, als wüßte sie die Welt...“** Ein literarischer Almanach mit 180 Porträtfotos von Autorinnen des Verlages
104 Seiten, öS 68/DM 10.–
ISBN 3-900300-37-9

Barbara Büchner: **Zwischenfall im Magic Land**. Phantastische Erzählungen. Mit Zeichnungen von Barbara Büchner
165 Seiten, öS 168.–/DM 24.–
ISBN 3-900399-40-9

Hélène Cixous: **Das Buch von Promethea**. Roman. Aus dem Französischen von Karin Rick, mit Zeichnungen von Margarethe Herzele
260 Seiten, öS 268.–/DM 39.–
ISBN 3-900399-39-4

Evelyn Grill: **Rahmenhandlungen**. Erzählung
135 Seiten, öS 138.–/DM 19.–
ISBN 3-900399-11-5

Elfriede Haslehner-Götz: **Notwehr**. Geschichten und Satiren
176 Seiten, öS 136.–/DM 18.–
ISBN 3-900399-97-7

Heidi Heide: **Liebe ist die Grundlage von allem**. Gedichte, Aphorismen, Fundstücke
92 Seiten, zahlr. Abb., öS 129.–/DM 24.–
ISBN 3-900399-08-5

Margarethe Herzele: **O Glanz des w(m)ilden Mondes**. Erzählungen. Mit Zeichnungen von Margarethe Herzele
120 Seiten, öS 168.–/DM 24.–
ISBN 3-900399-35-2

Karin Ivancsics: **Frühstücke**. Essensgeschichten. Mit Collagen von Karin Ivancsics
152 Seiten, öS 168.–/DM 24.–
ISBN 3-900399-32-8

Karin Ivancsics (Hrsg.): **Der Riß im Himmel**. Science Fiction europäischer und amerikanischer Autorinnen. Übersetzt von Peter Hiess, mit Zeichnungen von Dagmar Rieger
260 Seiten, öS 240.–/DM 34.–
ISBN 3-900399-33-6

Karin Ivancsics (Hrsg): **Schräg eingespiegelt**. Texte und Bildmaterial von jungen Autorinnen und Künstlerinnen aus den verschiedensten Bereich
175 Seiten, zahlr. Farb- und S-W-Abbildungen öS 240.–/DM 34.–
ISBN 3-900399-18-2

Beatrix M. Kramlovsky: **Das Chamäleon**. Eine surreale Novelle. Mit Illustrationen von Marina Seiller Nedkoff
128 Seiten, öS 198.–/DM 29.–
ISBN 3-900399-44-1

Eva Laber (Hrsg.): **Häm' und Tücke**. Skurriles, Heiteres und Bösartiges von

Frauen. Mit Zeichnungen von Angie Mörth
192 Seiten, öS 198.–/DM 28.–
ISBN 3-900399-28-X

Hilde Langthaler: **Nur keine Tochter**. Ein Stück
76 Seiten, öS 54.–/DM 8,80
ISBN 3-900399-04-2

Dorothea Macheiner: **Das Jahr der weisen Affen**. Roman. Mit Zeichnungen von Christine Gutgsell
192 Seiten, öS 148.–/DM 21.–
ISBN 3-900399-23-9

Birgit Meinhard-Schiebel: **Laufen ohne stehenbleiben**. Bericht eines An-Kindes-statt-Kindes
118 Seiten, öS 138.–/DM 19.–
ISBN 3-900399-13-1

Meta Merz: **Erotik der Distanz**. Prosa. Mit Illustrationen von Karin Ivancsics und einem Nachwort von Anton Thuswaldner
170 Seiten, öS 198.–/DM 29.–
ISBN 3-900399-47-6

Barbara Neuwirth (Hrsg.): **Blaß sei mein Gesicht**. Vampirgeschichten. Mit Computergraphiken von Isabel Sandner
204 Seiten, öS 168.–/DM 24.–
ISBN 3-900399-24-7

Johanna Rachinger (Hrsg.): **Orpheus würgt daran**. Geschichten von Frauen
150 Seiten, öS 148.–/DM 21.–
ISBN 3-900399-21-2

Sylvia Treudl: **Sporenstiefel halbgar**. Liebesgeschichten. Mit Illustrationen von Karin Ivancsics
192 Seiten, öS 198.–/DM 29.–
ISBN 3-900399-46-8

Sylvia Treudl (Hrsg.): **Domino mit Domina**. Erotische Geschichten von Frauen.
180 Seiten, öS 198.–/DM 28.–
ISBN 3-900399-20-4

Sylvia Treudl (Hrsg.): **Drama Dreieck**. Anthologie
220 Seiten. öS 248.–/DM 36.–
ISBN 3-900399-41-7

Eva Anna Welles: **Am Rande der Geschichte**. Roman. Mit Illustrationen von Anna Petschinka
192 Seiten, öS 248.–/DM 36.–
ISBN 3-900399-45-10

Arbeite Frau, die Freude kommt von selbst! 25 Frauen schreiben über die Berufswelt.
220 Seiten, öS 136.–/DM 18.–
ISBN 3-900399-03-4

Querflöte. Märchen und fantastische Erzählungen. Mit Illustrationen von Isolde Jurina
220 Seiten, öS 188.–/DM 25.–
ISBN 3-900399-10-1

DOKUMENTATION

Marie-Luise Angerer: **Über die Leiden der Tugend**. Bildungswünsche und -verhinderungen Vorarlberger Mädchen und Frauen. Mit 19 Abbildungen.
131 Seiten, öS 198.–/DM 29.–
ISBN 3-900399-45-5

Ulrike Längle (Hrsg.): **Mir Wibar mitanand**. Texte von Frauen.
340 Seiten, 80 S/W-Abbildungen, öS 248.–/DM 35.–
ISBN 3-900399-48-4

Karin Rick/Sylvia Treudl (Hrsg.): **Frauen – Gewalt – Pornographie**. Mit 4 Abbildungen.
192 Seiten, öS 198.–/DM 29.–
ISBN 3-900399-32-6

Inge Rowhanni-Ennemoser (Hrsg.): **Kleine Diebinnen läßt man niemals laufen**. Berichte, Daten, Dokumente, Briefe zum Frauen-Strafvollzug in Österreich. Mit 2 Abbildungen
335 Seiten, öS 188.–/DM 25.–
ISBN 3-900399-05-0

PHASETTEN

PHASETTEN 2: Eva Laber: **Dorfgeschichten**.
50 Seiten, öS 98.–/DM 14.–
ISBN 3-900399-16-6

PHASETTEN 3: Karin Schöffauer: **So fühlt sich der Mond im Fleische...** Texte und Zeichnungen
60 Seiten, öS 98.–/DM 14.–
ISBN 3-900399-17-4

PHASETTEN 4: Barbara Neuwirth (Hrsg.): **Im kleinen Kreis.** Kriminalgeschichten von Frauen.
120 Seiten, öS 98.–/DM 14.–
ISBN 3-900399-19-0

PHASETTEN 5: Sylvia Treudl (Hrsg.): **Fell aus Titan**. Gedichte zum Thema Schmerz
112 Seiten, öS 98.–/DM 14.–
ISBN 3-900399-27-1

REIHE FRAUENFORSCHUNG

Band 2: Katharina Riese: **In wessen Garten wächst die Leibesfrucht**. Das Abtreibungsverbot und andere Bevormundungen, Gedanken über die Widersprüche im Zeugungsgeschäft.
152 Seiten, öS 120.–/DM 17.–
ISBN 3-900399-06-9

Band 4: Doris Pleiger/Eveline Egger: **Geburt ist keine Krankheit**. Hausgeburt ist auch eine Möglichkeit zu entbinden
152 Seiten, öS 218.–/DM 32.–
ISBN 3-900399-12-3

Band 5: Luce Irigaray: **Zur Geschlechterdifferenz**. Interviews und Vorträge. Aus dem Französischen von Xenja Rajevsky, mit einem Vorwort von Karin Rick.
163 Seiten, öS 240.–/DM 34.–
ISBN 3-900399-14-X

Band 6: Gertrude Pauritsch/Beate Frakele/Elisabeth List (Hrsg.): **Kinder machen**. Strategien der Kontrolle weiblicher Fruchtbarkeit. Mit einem Vorwort der Herausgeberinnen
280 Seiten, öS 218.–/DM 32.–
ISBN 3-900399-22-0

Band 7: Anita Pramer: **Valie Export -- eine multimediale Künstlerin**. mit zahlreichen Farb- und S-W-Abbildungen
218 Seiten, öS 248.–/DM 35.–
ISBN 3-900399-25-5

Band 8: Barbara Neuwirth (Hrsg.): **Frauen, die sich keine Kinder wünschen**. Eine liebevolle Annäherung an die Kinderlosigkeit. Mit einem Vorwort der Herausgeberin
288 Seiten, öS 240.–/DM 34.–
ISBN 3-900399-26-3

Band 9: Edith Specht: **Schön zu sein und gut zu sein**. Mädchenbildung und Frauensozialisation im antiken Griechenland. Mit 17 Abbildungen
192 Seiten, öS 218.–/DM 32.–
ISBN 3-900399-30-1

Band 10: Brigitte Kossek/Dorothea Langer/Gerti Seiser (Hrsg.): **Verkehren der Geschlechter**. Reflexionen und Analysen von Ethnologinnen. Mit 19 Abbildungen und einem Vorwort der Herausgeberinnen
320 Seiten, öS 240.–/DM 34.–
ISBN 3-900399-31-X

Band 11: Diotima - Philosophinnengruppe aus Verona: **Der Mensch ist zwei**. Das Denken der Geschlechterdifferenz. Mit einem Vorwort von Ingvild Birkhan, übersetzt von Veronika Mariaux
240 Seiten, öS 240.–/DM 34.–
ISBN 3-900399-36-0

Band 12: Marie-Thérèse Kerschbaumer: **Für mich hat Lesen etwas mit Fließen zu tun...** Gedanken zum Lesen und Schreiben von Literatur
192 Seiten, öS 218.–/DM 32.–
ISBN 3-900399-34-4

Band 13: Gertrud Simon/Ingrid Spörk/Brigitte Verlic (Hrsg.): **Die heilige Familie -- vom Sinn und Ansinnen einer Institution**
Mit 6 Abbildungen und einem Vorwort der Herausgeberinnen
227 Seiten, öS 240.–/DM 34.–
ISBN 3-900399-38-7

Band 14: Herta Nagl-Docekal/Herlinde Pauer-Studer (Hrsg.): **Denken der Geschlechterdifferenz**. Neue Fragen und Perspektiven der feministischen Philosophie. Mit einem Vorwort der Herausgeberinnen
192 Seiten, öS 240.–/DM 34.–
ISBN 3-900399-43-3

erziehung heute

'e.h.' ist ein Forum, in dem stattgefundene und zukünftige Veränderungen im Erziehungs- Bildungs- und Sozialbereich diskutiert werden.